MERIDIANE

Aus aller Welt

Band 103

HEERE HEERESMA

Ein Junge aus Amsterdam

ERZÄHLUNG

AUS DEM NIEDERLÄNDISCHEN VON
MARIANNE HOLBERG

AMMANN VERLAG

Die Originalausgabe ist 2005 unter dem Titel
»Een jongen uit plan Zuid '38–'43« bei De Arbeiderspers,
Amsterdam und Antwerpen, erschienen.

Die Übersetzung wurde gefördert durch den
Nederlands Literair Productie- en Vertalingenfonds.
Der Verlag bedankt sich hierfür.

Erste Auflage

Homepage: www.ammann.ch

Lektorat: Carsten Stütz
Satz: Gaby Michel, Hamburg
Druck und Bindung: Clausen & Bosse, Leck
ISBN 978-3-250-60103-6

Zum Gedenken an meine Eltern und meine Brüder

Für meinen Sohn

Im babylonischen Talmud heißt es, daß der Mensch zweimal stirbt. Zuerst erleidet er den Tod, und dann gerät er in Vergessenheit. Dieses Buch wurde aus Protest geschrieben.

War es 1938? Es kann auch 1939 gewesen sein. Ich sitze bei meinem baumlangen Vater auf der Schulter und blicke hinab auf ein Meer von Hüten und Mützen. Hier in der Apollo-Halle mit ihrer riesigen Glasfassade ist es gedrängt voll. Aufs Podium, das von Topfpalmen eingerahmt ist, treten jetzt einige korpulente Herren in dezenten Anzügen, unter ihnen ein sanftmütig wirkender Rabbiner. »Schande! Schande!« rufen sie. Denn in Deutschland wütet ein schrecklicher Antisemitismus. Dort werden die Juden schikaniert, gequält, aus ihren Geschäften gejagt, verfolgt und deportiert. Die Sprecher schütteln die Fäuste. Auch der Saal schüttelt und schreit.

Auf dem Rückweg durch die Apollolaan, diese lange Allee entlang der endlosen Rosenrabatte, frage ich offenbar etwas. Mein Vater bleibt stehen, schaut zu mir herab und sagt: »Damit ist auch kein Blumentopf zu gewinnen. Den brauchen wir außerdem gar nicht.« Womit er wieder einmal recht hatte.

Ein früher Morgen, und die Sonne wie eine Melone am hellblauen Himmel. Meine Mutter öffnet ein Fenster, lehnt sich hinaus und schaut hinauf. Wie gemeißelt hebt ihr Profil sich vom dunklen Hintergrund der Buche am Kanalufer ab. Ein wunderschöner Anblick. Begeistert greift mein Vater zum Banjo, das immer neben dem Büffet bereitsteht, und zupft ein paar jazzige Riffs, aber Mutter dreht sich kurz um und legt den Finger auf den Mund. Und nun hören wir auch ein unheimliches Brummen, und sie sagt: »Ich glaube, es ist Krieg.« Und wirklich, hoch oben am blauen Himmel überfliegen sie das Land in Schachbrettformation. Die Junkers, beladen mit Fallschirmjägern. Und zwischendurch hört man das Dröhnen einer einzelnen Flak, irgendwo beim Flughafen Schiphol. Jemand stellt das Radio an: Der Kinderchor von Jacob Hamel.

Es ist Krieg. Der kleine Junge lernte ein neues Gefühl kennen, eine Mischung aus Angst, Spannung und Sensation, und die Kinder aus der Herculesstraat sangen nach der Melodie eines Kinderliedes: »Soldaten, Soldaten, zieht los in den Krieg.« Nicht gerade übermäßig heldenhaft, aber was sollte man in unserem roten Viertel sonst erwarten. Ich selbst aber paßte nur auf, daß ich immer rechtzeitig am selben Ort war, einem Seiteneingang der Kirche. Denn dann erschien Lonneke Fajgenbaum und überquerte die Olympiakade, die Straße am Kanalufer.

Und wie wunderschön sie immer aussah: feine Schühchen, ein wunderschönes Kostüm oder ein Mantel, und immer irgendwo ein Pelztupfer, und eine Tasche aus Krokodilleder mit Henkel, die sie so hübsch schlenkern ließ. Sie war so zart, und dann eine so wilde Mähne schwarzer Haare, und immer ein Hütchen auf mit Schleier, auch mitten in der Woche. Und dann huschte ich an ihr vorbei und sagte: »Schalom, Juffrouw Fajgenbaum«, und durch den Schleier sah ich dann ihre fröhlichen Augen, während sie ein »Schalom, Bocher« zwitscherte. Und immer wurde ich dann ganz hoch hinauf gehoben, bis in Sphären, die mich mit etwas Unnennbarem erfüllten, das mir gleichzeitig fast den Atem raubte.

Gleich nach der Kapitulation machten Geschichten die Runde, daß Juden sich selbst mit schweren Eisenketten umwickelten oder an Fahrräder ketteten und da, wo die Amstel einen Bogen beschreibt, ins Wasser gingen. Ich mochte das nicht hören, lief weg oder steckte mir die Finger in die Ohren. Und als Meneer van Waai abends in der Dämmerung noch einmal durchs Ufergebüsch stromerte, fand er oben auf den Basaltsteinen eine Damenhandtasche. Am nächsten Tag durchpflügte die Polizei das Wasser mit langen Seilen, an denen große Haken saßen, fand aber nichts. Es dauerte Tage, bis Lonneke Fajgenbaum an den Damm trieb, über den gleichgültig der Straßenverkehr des Amstelveensewegs lief. Es wurde erzählt, daß das Hütchen noch auf ihren wilden Haaren saß. War sie vor dem geflohen, was jetzt mit den Juden geschah? Weinend ging ich für ein paar Besorgungen zum Vana-Kaufmann. Die spitzen Tüten dieser Ladenkette waren damals berühmt.

Es ist Abend. Und durch die Verdunkelung doppelt so düster. Nur eine Taschenlampe lief durch die Straße. Bestimmt war jemand noch vor der Sperrstunde mit einem unsichtbaren Hund draußen. Und alles ist gut, denn wir haben noch Strom, und es ist noch genug Koks im Keller für die Kessel der Zentralheizung. Und das haben wir Metzger Roelofzen aus unserem Wohnblock zu verdanken, der sehr, aber wirklich sehr auf der verkehrten Seite stand und von dem erzählt wird, er habe in den vier Kriegstagen Spione auf seinem Transportfahrrad herumgefahren. Er bekam nach dem Krieg drei Jahre, dazu wurde ihm das aktive und passive Wahlrecht aberkannt.

Neuer Tag, neue Sorgen. Wir sitzen um den Wohnzimmertisch und betrachten die Ernte dieses Tages, Granatsplitter und die silbrigen Überbleibsel der Leuchtspurmunition. Die wird fast jede Nacht von der Flak beim Flughafen in den Himmel gespuckt, wo Scheinwerferkegel kreisen, um Bombenflugzeuge auszumachen. Und dann erschrecken wir uns fast zu Tode. Unmittelbar vor Beginn der Sperrzeit klingelt es. Aber dafür haben wir geübt, rennen auf den Flur, von dem alle Türen unserer Wohnung abgehen, schlagen den Teppich zurück, ziehen die Luke auf, Johan Hiegentlich verschwindet unter den Fußboden und schiebt von unten den Riegel vor. Hier soll was los sein? Ruhig setzen meine Brüder sich wieder an den Tisch, und ruhig drücke ich auf den Summer, wodurch unten die Haustür aufgeht. Naßkalter Wind dringt herein, und ein riesiger Kerl, wie ein Gestapomann in einen langen schwarzen Ledermantel gekleidet, poltert die Treppe herauf, läuft ohne Gruß an mir vorbei ins Wohnzimmer, faßt in seine Innentasche und wirft einen Stapel Lebensmittelkarten und Bezugsscheine auf den Tisch. »Hier«, sagt er. »Diese Mistscheine für eure Mistjuden.« Und sofort ist er wieder weg und läßt dabei die Haustür offen. Wir sind entgeistert. Wissen nicht, was wir dazu sagen sollen. Aber mein Vater weiß es. Er ist erst spät, so gegen Mitternacht, von einem Vortrag nach Hause gekommen. Und mit Ausgangsverboten sollen die Besatzer ihm schon gar nicht kommen. Seine Schublade ist voller gestempelter Armbinden, und wenn er in eine Razzia gerät, dann zieht er so eine Binde einfach über seinen Mantelärmel und läuft mitten durch alle Absperrungen hindurch. Alles eine Frage der Organisation und des richtigen Auftretens.

»Ein Antisemit war da!« ruft mein Bruder, der sich damals »Ofenrohrkaminwand« nennt, und meine Mutter erzählt die ganze Geschichte, während Johan niedergeschlagen dabeisitzt. Und mein Vater? Mein Vater bricht in Lachen aus und klatscht dazu in die Hände. Später wird er es uns erklären. Nicht auf das kommt es an, was der Mensch sich alles so denkt, sondern auf sein Tun und Lassen.

In der Straßenbahn überfällt uns ein derartiger Karbol- und Chlorgestank – alles wegen Diphtherie und anderer grassierender Krankheiten –, daß wir lieber wieder aussteigen und zu Fuß weitergehen. Braungrauer Nebel hüllt die Innenstadt ein. Es ist auffällig still. Was sollte man hier auch schon anfangen? Die Moffen und unsere Polizei sind überall auf der Suche nach Juden und jungen Männern für den Arbeitseinsatz in Deutschland, und die Läden verkaufen nur Ersatz. Doch plötzlich, was ist das? Musik, Marschmusik aus dem Vereinslokal des Eisclubs genau gegenüber dem Eingang vom Concertgebouw. Ein Fähnlein der WA schmettert, immer leicht daneben, sein Lied: »WA marschiert, zwei, drei und NSB – Ahoi!« Und hinter dem hohen Gitter der Eisbahn werden jetzt lange Tische aufgestellt. Der jährliche Eintopf für die Kameraden. Der Wind trägt die Gerüche der Küchenwagen zur Straße herüber. Möhreneintopf mit Rippchen. Die Leute an der Straßenbahnhaltestelle atmen gierig ein und aus. Das ist am Bahnhof Haarlemmermeer genauso. Dort riecht es nach Rauchwurst, wovon den Wartenden das Wasser im Munde zusammenläuft. Doch der Geruch wird von den Holzgasgeneratoren zerstreut, die hinten an den Stadtbussen hängen. Wir kennen diese Gier nicht, denn wir haben es noch gut zu Hause. Und jeder Tag ist einer und zählt für zwei.

Am Ziel erwartet uns eine Enttäuschung. In der Nacht war ein abgeschossenes Bombenflugzeug aufs Carltonhotel gestürzt, aber das Gebäude hält was aus, und die Bomben waren zum Glück bereits abgeworfen. Ich suche noch kurz nach irgendeinem Überbleibsel, Trümmern des Geschützturms, aber die Sache ist bereits sauber beiseite geräumt. Der Moff gönnt uns wirklich nichts. Auf dem Rückweg kommen wir an Müllhaufen vorbei, die wehmütig vor sich hin riechen. Aus einem lecken Flammen heraus. Mein Vater bleibt stehen, schaut zu mir herunter und fragt, ob ich ein Beispiel für etwas weiß, das brennt. Der brennende Dornbusch, sage ich, der sich nicht verzehrte. Und siehe da! Er lacht. Meine Antwort hat ihm gefallen, das ist also in Ordnung.

Doch nun zu Eli. Meinem Kumpel von der Olympiakade, dessen Vater etwas Unerhörtes besaß: Eine Harley Davidson, mit der er an den blauen Briefkästen der Stadtsparkasse entlangzog und sie leerte. Eli und ich teilten eine Abneigung gegen Sport und Spiel. Lieber saßen wir auf einer niedrigen Mauer und besprachen unsere Angelegenheiten. Eli wollte nach dem Krieg in einem Camp im Nordostpolder eine landwirtschaftliche Ausbildung machen. Und dann aber weiter nach Israel und auf einem den Arabern abgekauften Landstück Bauer werden, um den Ruhm von *Klal Israel* zu mehren. Er war begeisterter Zionist. Ich meinerseits zeigte Eli die riesige Generalstabskarte von Rußland, in die mein Vater rote, grüne und blaue Linien eingezeichnet hatte. Ich ließ Eli sehen, was die Nachrichten unter »Verkürzung der Front« und »Begradigung der Linien« verstanden. Schönfärberei für: Rückzug der Truppen in Richtung Heimat. Hohnlachend lasen wir von dem Beschluß des Führerstabs, den Schwerpunkt der Produktion auf die Herstellung mechanisierter Artillerie zu legen. Nur der Tiger konnte es noch bringen. Der Tiger, der größte und gewaltigste Panzer sämtlicher Fronten.

Samstags war ich der einzige aus dem Viertel, der zu Eli nach Hause kommen durfte. Sie hielten Schabbes, und ich durfte dabeisein. Und auch ich trug ein sauberes Hemd und etwas auf dem Kopf, während wir am Tisch saßen und in seltsamen Büchern lasen. Wenn man sie aufschlug, war auf der einen Seite das Hebräische, auf der anderen Seite die Übersetzung. Urgemütlich. Und am Ende des Nachmittags war es meine Aufgabe, die Töpfe vom Fußende der Betten zu holen. Sie waren in Zeitungspapier eingewickelt, um das Essen warmzuhalten. Beim Weggehen machte ich das Licht an. Ein Schabbesgoi. Und so war es gut.

Was trieb mich an dem Morgen so früh aus dem Bett? Das Haus schlief noch, und durch die dünnen Gardinen sah ich auf die leere Straße. Nur ein paar Fahrräder mit Holzreifen. Aber wer kam da um die Ecke, das Fahrrad neben sich herschiebend? Meneer van Waai, Elis Vater. Am Lenker eine große Tasche, auf dem Gepäckträger ein schwerer Rucksack, den er gut festhielt. Auch Elis Mutter und seine Zwillingsschwester Naomi schleppten prall gefüllte Kissenbezüge, und Eli drückte sich ein Paket an die Brust. Und, nein, das war nicht der Anfang von etwas Fröhlichem: Ihnen folgten zwei feiste Kerle von der deutschen Feldgendarmerie, die Karabiner lose in der Hand. Die Helme glänzten, und die silbernen Abzeichen ihrer Einheit baumelten an Ketten um ihren Hals. Ein furchterregender Anblick, der mich davon abhielt, ans Fenster zu klopfen. Und dann passiert es. Sie kommen schräg über die Straße, wobei mir eigentlich zum ersten Mal die Judensterne an ihrer Kleidung auffallen, und direkt vor unserer Haustür stolpert Eli über den Bordstein und stürzt. Einer der Moffen packt sein Gewehr mit beiden Händen, dreht es um, so daß der Kolben mit dem stählernen Stichblatt nach unten zeigt, und stößt zu. Und mein Freund schreit, und dieser Schrei wird mich mein ganzes Leben begleiten. Er ist das einzige, was von der Familie übrig ist und bei mir verwahrt bleibt. Und manchmal, in der Nähe eines Straßenbahndepots, während eines Jahrmarktaufbaus, in einem Hafen, wo im späten Licht verlassene Schiffe bei Flut gegen die Uferbefestigung schaben, manchmal gellt aus all diesen Geräuschen dann plötzlich Elis Schrei und steigt auf in einen kupfernen Himmel.

»Was man versteht«, sagt meine Mutter, »das kann man auch ertragen«, und seitdem hatte ich jede Woche Meneer Vijg abzuholen, der in dem Viertel mit den Flußnamen wohnte. Er war ein schon etwas älterer, magerer Mann mit melancholischem Blick unter schweren Augenlidern, und er erzählte gern von seiner Zeit als Autohändler von Ford in Batavia. Später war er nach Berlin gegangen, wo er von den Burschen aus der Hitler-Jugend zusammengeschlagen wurde, und kam als illegaler Flüchtling zu uns nach Amsterdam, wo er übrigens geboren war, in einer Erdgeschoßwohnung an der Weesperstraat. Und nun murmelte er unablässig: »Jetzt bin ich untergetaucht. Jetzt bin ich geheim. Ich kapier das nicht. Daß mir das passieren muß. Oioioi.« Und ich in meinen kurzen Hosen und rutschenden Kniestrümpfen saß neben ihm und sah zu, wie Meneer Vijg grellgelben Margarineersatz auf eine Apfelscheibe schmierte, denn er hatte immer Hunger. Seine Untertauchadresse war nicht so besonders, was das Essen betraf, das er immer allein zugeschoben bekam, denn mit der Familie zu Tisch sitzen, das lag nicht drin.

Wegen Verrat oder so. Und daher hielt er sich einmal in der Woche bei uns schadlos. Dann aß Meneer Vijg, und dann aß er immer weiter, aber meine Mutter hatte ihren Stolz, und es ist ihm nie gelungen, sich bis zum Boden der Schüsseln durchzuessen. Und den Rest bekam er in Glasschälchen mit. Das Dumme war nur, daß Meneer Vijg nicht allein auf die Straße wollte. Jemand mußte mitkommen und um die Ecken schauen, ob die Luft rein war. Und das war ich, während Meneer Vijg sich in gebückter Haltung in die Häuserreihe drückte, eine Aktentasche an seinen Stern gedrückt. Äußerst verdächtig also. Ich hielt vorsichtshalber auf dem ganzen Weg Abstand zu ihm, auch wenn keine Gefahr drohte.

War dieses das letzte Mal, daß ich ihn abholte? Jedenfalls schauten wir bei ihm zu Hause lange gemeinsam nach draußen und sahen durch die Gardinen, die nicht zurückgezogen werden durften, die Amstel wie im Nebel vorüberfließen. Elegante Ruderboote mit älteren Herren an den Riemen – hochrote Köpfe, bunte Schals – glitten vorbei. Und am anderen Ufer, gegenüber dem Amstelbogen und den Gasometern, saßen Mütter mit ihren Kindern im Sand, die sich sonst nichts leisten konnten. Zwischen ihnen lief immer mal wieder einer von den Landwächtern herum. Oft waren das alte Männer, die blau gefärbte deutsche Käppis und lange, dünne, abgenutzte Mäntel trugen. Über der Schulter ein Jagdgewehr.

Sie machten einen gedrückten, verdrießlichen Eindruck, als lebten sie von der Stütze, und die Leute ignorierten sie. Aus dem Haus hörte man Radiomusik. »Es geht alles vorüber, es geht alles vorbei ...« Na, die werden es ja wissen.

Wieder einmal mußte ich Meneer Vijg abholen, und diesmal beschloß ich, zu Fuß zu gehen. Meneer Meier, der Schuhmacher unseres Viertels, hatte meine Schuhe jetzt nach dem Vorbild der Wehrmacht mit eisernen Zehen- und Hackenbeschlägen und den sogenannten Moffenköpfen versehen, wodurch jeder Schritt auf dem Pflaster knallte. Vor allem, wenn man an hohen steinernen Hauseingängen vorbeiging oder auf Steinfliesen trat. Aus der Beethovenstraat kam ein Fähnlein schnittiger Kerle anmarschiert, die meine Richtung einschlugen. In Fünferrotten liefen sie über die Straßenbahngleise, dicht hintereinander, genau wie die Moffen es machten. Eine Kohorte. Der Stoff ihrer Mützen wölbte sich geradezu albern über den glänzenden Schirmen, und ihre hohen, blankgeputzten Stiefel und Ballonhosen machten den Eindruck, daß sie eigentlich reiten oder Fahrrad fahren wollten. Und auf dem schwarzen Stoff ihrer Uniformen glänzten bunte kleine Orden oder Rangabzeichen, die sich gut auf der Uniform eines Straßenbahners ausgenommen hätten. Und dann diese eigenartigen mehrstimmigen Lieder, wie: »Er hat gewonnen, gib dem Herrn die Hand. WA marschiert, WA marschiert für Volk und Va-ha-terland.« Aber von dieser großartigen Darbietung ging nichts Bedrohliches aus. Sie weckte nur Verachtung.

Ich klingelte zweimal kurz und einmal etwas länger. Nichts geschah. Ich klingelte noch einmal, aber die Haustür blieb geschlossen. Vor dem Schaufenster einer Eisenwarenhandlung, in der eine drei Meter lange Säge ausgestellt lag, die wohl nicht zum Verkauf bestimmt war, wartete ich, kehrte dann zurück und klingelte, jetzt aber nur ein Mal. Und, jawohl, die Tür ging auf, und oben an der Treppe stand der offizielle Mieter der Wohnung. »Meneer Vijg?« fragte ich. Und noch einmal: »Meneer Vijg?« Der Mann, ein Atheist und Mitglied des Vereins »Morgenrot« mit der dazugehörigen Samtmütze, hielt beide Hände mit gespreizten Fingern in die Höhe und tat, als stieße er etwas von sich.

»Ja, aber ...« beharrte ich. Der Mann wendete seine Hände halb zur Seite und tat jetzt, als schütte er Wasser über sich. Ich solle mich zum Teufel scheren.

Nach dem Krieg hat man noch lange nach Meneer Vijg gesucht. Vergebens. Er hatte sich wie in Luft aufgelöst. Manchmal denke ich an ihn, wenn auch ohne besondere Gefühle. Aber einer muß es schließlich tun ...

Man wußte damals, wann es Neune geschlagen hatte, aber wenn es dann wirklich soweit war, wollte niemand auf die Autorität des Hausarztes verzichten. Ein Fels sollte er sein, eine machtvolle Persönlichkeit, zugleich voller Mitgefühl und Verständnis, ein Trostspender. Der Tod saß noch mit am Tisch und war ein großer Esser. Und das Sterben und Aufbahren geschah meist zu Hause, ob dafür Platz war oder nicht. Oft ragte ein Sarg ins Treppenhaus oder aus einer Balkontür. Ein grotesker Anblick, und niemandem fiel es auf. Man mußte sich nun mal nach der Decke strecken, und die war bisweilen besonders kurz. Und jemandem beim Sterben nachzuhelfen war etwas ziemlich Normales. »Kennst du den Arie?« fragte die eine Tante die andere bei einem Geburtstag. »Er hatte so eine dicke Unterlippe. Fuhr erst auf einem Fischkutter, hat dann aber auf dem Hof bei Rook gearbeitet. Also, der Mann hat gelitten! Einfach furchtbar. Zum Glück hat der Doktor schließlich geholfen.« – »Gott sei Dank«, sagte die andere Tante. »Der Mensch muß nicht bis zu Ende leiden.« Ach, und der Gebrauch der Morphiumspritze nahm ständig zu, eine vertraute Hilfe, mit der man übrigens schweigend umging und worüber oft nur der Hausarzt entschied. Eine Sache, die mindestens so strafbar war wie das Ignorieren von *»Halt! Stehnbleiben!«* der Grünen Polizei.

Und mitten hindurch oder, von mir aus betrachtet, darüber hinweg mein Vater, der auch einen Namen als großer Tröster und Helfer hatte und regelmäßig zu einem

Sterbenden gerufen wurde. Und einmal durfte ich, wenn auch nicht unmittelbar, dabeisein. Wir fuhren mit dem Bus, dessen vordere Tür vom Fahrer mit einem genialen Gelenk sowie Zahnrädern und Kontergewichten geöffnet wurde, von Amsterdam nach Hilversum. Auf der Heide exerzierte die Wehrmacht, und ein Geruch von kräftiger Fleischbouillon zog durch die offenen Fenster herein. Das Rattern der Maschinenpistolen und das Tackern der Maschinengewehre setzte sich fort von Horizont zu Horizont, und unter den Geräuschkuppeln irrte eine Herde verwahrloster Schafe herum. Ich sah eben oft Dinge, die sonst keiner sah.

Wie der Boden federte, als wir durch den Wald gingen. Ich hatte hier schon einmal übernachtet, kannte das Holzhaus auf den meterhohen Pfählen, unter dem sich eine Unmenge von interessantem Gerümpel angesammelt hatte, wie ausgeweidete Traktoren, Schrottautos, eine eiserne Jolle, ein umgekippter Scheinwerfer. Kurz, ideal. Über die lange steile Treppe kamen wir nach oben. Die Tür stand wie gewöhnlich offen, und wir traten ein. In den schweren, verstaubten Sesseln saßen ein paar Leute, und aus dem Nebenzimmer waren beängstigende Schreie zu hören. Dumpf, wie unter einem Kissen. Wie üblich, hielt sich mein Vater nicht lange mit Höflichkeiten auf, öffnete die betreffende Tür, und auf seine kurze Handbewegung hin verließen drei Leute mit verweinten Gesichtern den Raum. Die Tür schloß sich hinter ihm, und man wartete schweigend. Ich konzentrierte mich darauf, zwei gläserne Gegenstände, die nichts miteinander zu tun hatten, ineinanderzufügen. Mit irgendwas muß man sich schließlich beschäftigen. Bald darauf öffnete sich die Tür, und mein Vater erschien auf der Schwelle. »Er ist bereit«, sagte er. Hinter ihm tödliche Stille. Eine Frau in schwarzblauer Tracht sprang auf, drängte sich an ihm vorbei und rief: »Wie schön unser Dirk jetzt daliegt. So friedlich, und bereit, zu gehen!«

Dem Vorbild meines Vaters folgend, zog ich meine Joppe an, denn wir wollten keinen Kakao und Kekse, und schon stiegen wir die lange Treppe wieder hinunter und liefen auf einem anderen Pfad durch den Wald. Ein Stückchen weiter, wo die gepflasterte Straße wieder begann, gab es nämlich eine Pfannkuchenbude mit Vordach, wo man sich unterstellen konnte, denn es hatte leise zu regnen begonnen. Aber auch die Bude war vom Krieg nicht verschont geblieben. Man hatte sie zu einem Treff für den Jugendsturm umgebaut. Alle Fenster waren eingeworfen. Drinnen hing das offizielle Staatsfoto von Anton Mussert, Ingenieur und Führer der NSB, der trotz seiner schwarzen Uniform und der ledernen Banderole über der Brust wenig Martialisches an sich hatte. Unter seine Nase hatte jemand einen Hitlerschnurrbart geritzt. Zufrieden liefen wir über die knirschenden Glasscherben davon. Der Widerstand war in Gang gekommen und nahm Gestalt an. Mussert. Auch so einer, dessen Visage man schon vergessen hatte, während man sie noch ansah.

Ach, Krankheit und Tod. Die waren damals etwas Alltägliches. Heute natürlich auch, aber damals versteckte man sie nicht im Hinterzimmer. Mit Jan Voors, der am schnellsten von uns allen rennen konnte und es später zum Beamten bei den Gaswerken gebracht hat, sitze ich auf dem kleinen Mäuerchen vor dem Altenheim unseres Blocks und plaudere. Die Sonne lacht vom Himmel, als gäbe es keinen Krieg, und hinter uns, im Schatten blau-weißer Markisen, hinter zahllosen Fenstern, sitzen die zerbrechlichen alten und gut betuchten Witwen, die Schleiereulen, wie wir sie nannten, die den lieben langen Tag das Geschehen auf der Olympiakade und dem Kanal verfolgten. Nur sonntags oder bei Beerdigungen wiegen sie sich zum Dröhnen des »Rufers« und des »Verkündigers« mit, den beiden riesigen Glocken im Turm der Willem-de-Zwijger-Kerk. Die würden bald darauf mit einer Winde herabgelassen, um bei Krupp zu Kanonenrohren und Brisanzgeschossen umgegossen zu werden. Jan Voors hatte einen anderen Glauben. Seine Kirche war die Sint-Agnes an der Ecke Krusemanstraat und Amstelveenseweg. Ein paar Jahre später, vor dem Hungerwinter, hat man da am Fuß des Turms noch einen kleinen Bunker hingesetzt, der als öffentliche Toilette benutzt wurde. Und aus *dem* Turm ertönte eine andere Sprache. Das war eher ein Geklingel und Getingel von Glöckchen und Triangeln. Der reinste Jahrmarkt. Lassen wir das. Obwohl, wenn meine Großmutter bei uns zu Besuch war: Sie saß an ihrem Fensterplatz nahe der Heizung und studierte mit zitternden Lippen die Zeitung. Hörte man dann die Glocken der Sint-Agnes, unterbrach sie ihre Lektüre und rief mit lauter Stimme: »Kinder, schließt Türen und Fenster. Rom ruft!«

Und da kommt er dann, auf den wir auf dem Mäuerchen gewartet haben. Der Eismann mit seinem weißen Fuhrwerk, davor sein zu Tode erschöpftes Pferd. Und woher hat dieser Gaul bloß seine Bernsteinfarbe? Ein leichter Wind weht, und die Schatten der Bäume entlang des Kanals tanzen wild über das Straßenpflaster. Man kann sie fast berühren. Eine Frau auf dem Fahrrad versucht, mit der flachen Hand ihren Rock über den Knien festzuhalten. Ein paar Straßenarbeiter, die sich auf dem Gehweg zu schaffen machen, rufen ihr hinterher. Schöne Aussichten! Schöne Aussichten!, aber inzwischen stehen wir längst vor der massiven Tür des Eiswagens. Der Fuhrmann hat sie aufgestoßen und zieht mit einem großen Eisenhaken schwere dicke Eisblöcke nach vorne. Ein kleiner Hops, ein Zug, ein Schwung, und schon trabt er mit dem Eis auf der Schulter durch eine der Türen des Altenheims. Für den Eisschrank. Und wie nett die

Leute damals waren. Wir bekamen nachher jeder ein großes Stück gefrorenes Wasser, das der Eismann für uns loshackte, und gingen unseres Weges. Broomnaftinenatrium, dachte ich, denn in jener Zeit erfand ich gern Namen für mir unbekannte Stoffe. Und mit diesem Klümpchen Eis, das zwischen meinen Fingern zerfloß, damit war nichts los. Es schmeckte nach nichts und hinterließ nur Tropfen auf dem Straßenpflaster. Auch Enttäuschungen lassen sich gut erinnern. Genau wie die Langeweile jenes Nachmittags.

Zum Glück gab es den Fliegeralarm. Das Heulen und Jammern der Sirenen, das zu den Bomberformationen aufstieg, die sich hoch oben am Himmel anschickten, unsere Welt kaputtzumachen. Pausenlos. Und unsere Kanonen pafften nur ohnmächtig vor sich hin und streuten weißbraune Wölkchen über den Himmel. Anfangs nahm man die Anordnungen der Leute vom Luftschutzdienst, die in ihren blauen Overalls und mit den humorlosen Gesichtern vor Aufgeblasenheit nur so strotzten, noch ernst. Mit etwas Handgepäck hasteten die Menschen aus ihren Wohnungen, um unten im Hausflur unter der Treppe Schutz zu suchen vor den Bomben und Granaten. Das ging manchmal drunter und drüber, schließlich wollte jedermann nicht nur sich selbst, sondern auch seine Habseligkeiten in Sicherheit bringen, so daß sich manche zuletzt einfach nur noch in den Hauseingang kauerten. Das konnte dann zu Schlägereien führen. Familien mit kleinen Kindern hatten natürlich Vortritt, und sie lächelten honigsüß, wenn man sie zähneknirschend vorließ. Die Todesgefahr ließ die Menschen nicht zusammenrücken, von Herzlichkeit oder einem Gefühl geteilten Leides keine Spur. Uns betraf das alles wenig. Wenn wir mit den Köfferchen nach unten spazierten, waren wir allein, denn in diesem Teil des Hauses wohnte sonst keiner. Und unten führte eine Tür ins Wartezimmer einer Praxis, in der unter anderem Doktor Oltmans Sprechstunde hielt, ein schon älterer Augenarzt, von dem es hieß, er wohne noch immer bei seiner Mutter und sei Morphinist. Aber noch vor der Kapitulation hörten wir mit dem Gerenne auf. Was gab es denn in unserem Viertel, auch »Plan Süd« genannt, schon zu bombardieren? Uns reichte es jetzt, auch wenn die Koffer noch eine Weile im Flur herumstanden.

Van Rooien, die Papierwarenhandlung an einer traurigen Ecke vom Marathonweg, beherbergte außer der kleinen Stadtteilbibliothek auch eine daumengroße Poststelle von einem mal einem Meter. Am Schalter, verborgen hinter Fliegendraht, und am Ende des Tages auch noch hinter Bergen von Post und Paketen, kümmerte sich eine steinalte Frau um die Geschäfte. Bei van Rooien also traf ich Esther Moritz. Eine Schulkameradin, eine der Besten aus der Klasse. Ein ungestümes Mädchen auch. Im Laden hing der gleiche Geruch, den ich aus den

Schreibtischschubladen meines Vaters kannte. Papier. Radiergummi. Lila Tinte. Stempelkissen. Die kleine grüne Postwaage aus Metall. Als Esther mich sah, kreischte sie vor Vergnügen und versetzte mir gleichzeitig einen solchen Stoß gegen die Schulter, daß ich beinahe gegen den Ständer mit den Waterman-Füllern knallte. Na ja, von Esther ließ ich mir so was gefallen. Wir kauften beide dasselbe, eine große Rolle Klebeband aus Papier, denn die durchsichtige Variante gab es damals noch nicht. Damit sollten wir die Fenster bekleben. Wenn Bomben fielen, war das gut gegen umherfliegende Glasscherben. Gemeinsam gingen wir weiter und phantasierten, wie wir das Klebeband auf den Fensterscheiben anbringen würden. Bestimmt nicht im Schachbrettmuster, das man überall sah. Ich selber dachte an kirchliche Motive, auch wenn ich sie mir als Protestant nicht so eins, zwei, drei vorstellen konnte. Aber dann wenigstens etwas aus der Welt von Old Shatterhand, von Winnetou, doch Esther wollte mich noch übertrumpfen. Sie hatte eher etwas Strenges im Sinn, so in der Art von Bauhaus. Wir bluffiten beide.

So kamen wir zur Feinkosthandlung Oet, wo es einen Automaten gab, der frisch gebrannte Erdnüsse in eine Schale warf. Daneben auch zwei gelbe Bonbonautomaten, auf die jetzt die Sonne fiel. Ich warf in beide Automaten ein silbernes Zweieinhalb-Cent-Stück ein, erhielt dafür vier Gummibonbons, von denen ich Esther eins abgab, denn wer gibt, der hat, und wer hat, bestimmt. Und weiter ging's, während wir ab und an die Bonbons aus dem Mund nahmen, um zu sehen, welche Farbe sie jetzt wieder hatten. Grün also. Wird wohl vom Krieg kommen. Mangel an Grundstoffen oder so. Außerdem schmeckten sie nicht mehr süß, sondern säuerlich, ein bißchen wie Aspirin.

Auf dem Minervaplatz ließ ich mich auf eine Bank unter Bäumen fallen, aber Esther wollte sich nicht setzen. »Guck doch!« flüsterte sie aufgebracht. Und tatsächlich. Eifrige städtische Arbeiter hatten auch hier ein Schild angebracht. »Voor Joden verboden«. Betroffen erhob ich mich wieder. Wie war das möglich? Warum durfte ich, und Esther nicht? Und für einen Augenblick wußte ich nichts zu sagen. »Habt ihr schon einen Aufruf gehabt?« war das einzige, was mir einfiel. Und auf einmal liefen ihr Tränen an der Nase herunter. »Ja, Mordechai, er schon«, schluchzte sie. »Wir durften ihn nicht mal zur Schouwburg bringen.« Wieso wollten sie ihn da hinbringen? Die Hollandsche Schouwburg in der Straße, die Plantage hieß und ganz nah beim Tierpark Artis lag, war der Sammelplatz für Juden, die auf Transport geschickt wurden. Niemand wollte dort auch nur in die Nähe kommen. Ich versuchte, Esther zu beruhigen. »Vielleicht liegt euer Aufruf schon bei euch im Briefkasten, und dann holst du deinen Bruder wieder ein.« Kein wirklicher Trost, aber wo lernt man schon trösten? Noch einmal sah sie mich an, und ich war betroffen von dem traurigen Blick, der mich ganz und gar ausschloß. Dann drehte sie sich um und rannte davon. »He, Feuermelder!« rief ich ihr nach, denn sie hatte feuerrotes Haar, wie man es jetzt gar nicht mehr sieht. Aber sie bog um die Ecke und war verschwunden. Und, nein, ich habe Esther Moritz nie wiedergesehen. Nicht in der Schule. Nicht auf der Straße. Und nicht in den Wolken über unserem Dach, zu denen ich oft aufblickte. Und die Rolle Klebeband, die sie auf der Bank hatte liegenlassen, die habe ich noch immer.

Und? Wie ist es heute? Hört man in den Straßen noch den Klang, die Stimmen von Menschen? Das Rauschen des Straßenverkehrs ist allgegenwärtig und übertönt alles. Mach das Fenster doch nur mal kurz auf und horche. Aber damals. Es kommt aus den Tiefen meiner Erinnerung: Da war die Luft zwischen den Häusern voller menschlicher Klänge, die ungehindert dahinsegelten. Jollen. Ein Ruderboot. Und auch eine Seglerflotte der Regenbogenklasse. Und als kleiner Junge spitzte ich die Ohren, auf der Suche nach einer Mitteilung, einer verborgenen Botschaft, deren Geheimnis man enträtseln mußte, solange die Töne zu hören waren. Da war der

Lockruf der leichten Mädchen, der Bordsteinschwalben um den Hygiëaplatz. Aus dem Torweg des Amsterdams Lyceum, aus Toren und tiefen Hauseingängen rief es aus hellen Kehlen, das »Kokekoka kokekokakoa!«. Woher kam das Rufen? Wohin wollte es? Oder wollte da nur jemand zeigen, daß er da war? Ich weiß es einfach nicht. Es war genauso verrückt und sinnlos wie der Zeitungscomic *Koenraad vom Arbeitsdienst.* Und genauso öde wie die Bildergeschichte *Tijs Wijs, der Leuchtturmwärter* aus der Kirchenzeitung. Und unterdessen, in den Morgenstunden, wenn die Teppiche geklopft oder bei Schnee und Eis die Bürgersteige bis an die Fahrstraße gefegt und mit selbstgebastelten Schneeschippen so lange gekratzt wurden, bis die Gehwegplatten ihre Glätte verloren hatten, fuhren sie, die Botenjungen auf ihren Transporträdern, in weiße oder graue Jacken gesteckt, und lieferten ihre Ware aus. Denn ausgetragen wurde in jener Zeit, selbst bei Windstärke elf. Aber sicher! Denn ihre Chefs, kleine Einzelhändler, waren beinhart wie die Zeit selbst. Da war Stulp, der Gemüsemann, der früher eine Eisenwarenhandlung in der Innenstadt hatte. Boeree, der Schlachter, der vom Lande kam. Und Kiebert, bei dem man Gebäck für Zuckerkranke bekam. Unsere Tante Aurelia, die ihr Leben hauptsächlich in Sanatorien und Krankenhäusern verbracht hat, war eine dankbare Abnehmerin des von mir besorgten und ziemlich eklig, nämlich glasig aussehenden Gebäcks, gesüßt mit Sacharin. Schädlich, denn jeder kannte bestimmt einen, der diesen Süßstoff verwendet hatte und an Krebs gestorben war. Eine Diagnose, die an Sonn- und Feiertagen im Familienkreis entwickelt wurde. Tante Aurelia ist übrigens nicht an dieser unheimlichen Krankheit gestorben, sondern direkt in den Himmel gekommen, wie eine ihrer Freundinnen, eine gewisse Nelie, meinen Brüdern erzählte. Ich fand die Geschichte schon damals recht unwahrscheinlich, auch wenn ich das natürlich für mich behielt.

Die Reifen der schweren Transportfahrräder verursachten ein Geräusch, das man nach jener Zeit nie mehr gehört hat. Und die Botenjungen, um sich selbst Mut zu machen, pfiffen dazu so laut und anhaltend, daß sie nicht nur straßenweit, sondern auch häuserhoch zu hören waren. Wenigstens schrillte und zwitscherte es durch mein kleines Schlafzimmer, wo ich jede Nacht alles zu vergessen suchte oder, noch bevor es hell wurde, ein stibitztes Brot mit Apfelsirup aß, auch wenn es Flecken im Bettzeug gab. Essen läßt schließlich den Kummer vergessen.

Das Pfeifen erlebte seine Glanzzeit, und die Botenjungen schienen darin eine Art Wettkampf auszutragen. Der eine Bote bevorzugte die Lieder von Lou Bandy, jenes Unterhaltungskünstlers, den man dank seiner klaren Diktion auch ohne Mikrophon noch ganz hinten im Saal verstehen konnte. Bei anderen waren eher der deutsche

Schlager oder das französische Chanson Vorbild, und im Radio wurde alles vorgegeben. Aber hörte man unter all diesen Pfeifkünstlern auch einen echten Star heraus? Ja, sicher. Das war ein schon älterer Mann, aber das besagt nichts, denn damals wirkte man, trotz Brillantine und Glyzerin, schon mit vierzig alt, schmuddelig oder vernachlässigt. Nur die häßliche Fettsucht unserer Tage war selten, was allerdings eher eine Frage des Geldes war. Unter dem Schutzdach seines dreirädrigen Karrens stapelten sich Heimat- und Familienromane nebst sozialistischer Aufklärungsliteratur. Wenn er pfiff, zog er die Lippen straff über die Zähne, um dann durch eine Lücke zwischen seinen Vorderzähnen die Ziegel von den Dächern zu pfeifen. Allgemein galt dieser Buchhändler als Zusteller des Verlags De Arbeiderspers. Der Verlag weilt noch jetzt unter uns, auch wenn die mächtige Festung auf dem Hekelveld dann als Luxushotel ans amerikanische Großkapital verkauft wurde. Für die alten, zart-frommen Sozialisten von damals war das der Todesstoß. Aber wer war übrigens der King der musikalischen Luftverschmutzung, die, davon war ich überzeugt, auch das Wetter beeinflußte und Gewitter sowie stürmischen Gegenwind anzog? Das war der stets mit schwarzem, ziemlich hohem Hut daherkommende Bote der Buchhandlung *Das Bibelzelt* am Singel. Ein großer, schöner, in Neonlicht getauchter Buchladen, in dem man alles bekam. So kaufte mein Vater einmal in meinem Dabeisein die in schwarzes Leder gebundene *Companion Bible* mit der kleinen, knallroten Flamme auf dem Buchrücken. Etwas so Schönes sieht man einfach nicht mehr. Und dieser Bote also radelte auf einem turmhohen, schwarzlackierten Fongers-Fahrrad mit einer festmontierten schwarzen Kiste auf dem Gepäckträger, darauf in Weiß der Slogan: »Was schafft dir Trost in dieser Welt? Die Buchhandlung *Das Bibelzelt.*« Ein Spruch, der den kleinen Jungen außerordentlich faszinierte. Und was hörte man von diesem Botschafter des Worts? Seine Stimme, denn er pfiff nicht, er sang. Mit einem Bariton, der von den Hauswänden zurückhallte. Unerbittlich. Und er hatte nur ein Lied im Repertoire. »Jerusalem! Jerusalem!« Ein Lied aus der zutiefst frommen Sammlung eines Johannes de Heer, der in seiner Zeitschrift *Der Scheinwerfer* die Propheten wieder populär machen wollte, und der seinen Harmoniumhandel neu in Schwung gebracht hatte mit dem Werbespruch »Jubelt dem Herrn Lob und Ehr auf einer Orgel von Johannes de Heer«. Bis in die späten fünfziger Jahre sollte dieses »Jerusalem! Jerusalem!« aus der Musikbox jeder Klitsche, jeder Kneipe, jedes Cafés und Tingeltangels mitten zwischen den Nummern von Fats Domino zu hören sein. Eine christliche Ode in einer Wolke von Alkohol. Und Jahre später, als ich selbst eine Zeitlang mit König Alkohol herumzog, erlebte ich oft, wie in irgendeinem Schuppen mit Schankkonzession ein Betrunkener heulend gegen die Musikbox lehnte, während ein Bariton, dazu Posaunen und Trompeten das Lied schmetterten, das sämtliche Gläser im Lokal zum Klirren brachte: »Da jauchzt ein Ton, die Stimme singt, und ganz Jerusalem erklingt, Jerusalem...«

Und dann war da noch Carrie Simzhauser. Die sang auch, und zwar mit einem fetten deutschen Akzent. »Hör mein Lied, Violetta.« Carrie war eine Deutsche aus Pommern, die schon vor dem Krieg ins steinreiche Holland gekommen war, wie so viele hundert andere, die als Dienstboten oder am Fließband von Verkade und Van Nelle etwas Geld verdienen wollten, denn in Deutschland herrschte damals eine noch größere Armut als hier. So besaß ich ein Bündel Riesengeldscheine mit Hunderten Millionen Mark aus der Währungsreform, mit denen wir bei Fliegeralarm spielten.

Carrie roch nach Schreibwarenladen, was wohl durch ihre Tätigkeit in einem Papiergroßhandel kam, wo sie ununterbrochen Papierblätter zählen mußte, während ihre dunklen Augen Feuer sprühten. Die wollüstigen Lippen hatten etwas Schlüpfriges und ihre übertriebene Freundlichkeit etwas Schleimiges, als wollte sie sich einschmeicheln. Also einfach »moffisch« von einem schon älteren *deutschen Mädel.* Und was war in dem Paket, das ich ihr brachte und das die Reichsdeutsche sofort in einer Schublade ihrer schwäbischen Kommode verschwinden ließ? Ich habe es nie erfahren und nach dem Krieg vergessen, meine Mutter danach zu fragen.

Übrigens waren diese Ausflüge zu Carrie ein Vergnügen. Zuerst die breite Brücke über den Nördlichen Amstelkanal mit den Skulpturen des Künstlers Hildo Krop an den Steinbrüstungen, die immer so an Kinderleichen erinnerten. Dann wurde man wie hineingesogen in den Torweg des Amsterdams Lyceum, um auf der anderen Seite mit einem Plopp! wieder hinausgeblasen zu werden. Und weiter ging es, entlang der himmelhohen Pappeln bis zum Valeriusplatz, unter dessen Grünanlage man einen der üblichen endlos langen Luftschutzkeller gebaut hatte. Eine Holzkonstruktion, mit Erde zugedeckt, in die Dornen und Disteln ausgesät worden waren. Völlig unbrauchbar. Der hielt nicht mal einen Granatsplitter ab. Ganz zu Recht, fand ich, stank es drinnen nach Exkrementen. Im Hungerwinter 1944, als jedermann auf der Suche nach Brennholz war, mußte auch dieses Bauwerk dran glauben. Auch Straßenbäume wurden damals geschlagen, doch das Holz war zu frisch, als daß es sich in den Notöfchen verbrennen ließ. Aber zuerst mußte Stalingrad noch fallen und die Wehrmacht sich im Lyceum einnisten, wonach die breite Brücke endgültig mit Sperren aus Stacheldraht, den sogenannten Spanischen Reitern, abgeriegelt wurde.

Die Linie 2 mit dem interessantesten Anhänger des gesamten Straßenbahnnetzes hatte damals noch ihren Ausgangspunkt und ihre Endstation in der Saxen-Weimarlaan, und ich schlich mich gleichsam an sie heran, immer mit einem kurzen Gebet an den Herrn der Welten, daß mein Lieblingsplatz noch frei wäre und ich mich neben das große eiserne Rad setzen könnte. Ein Steuerrad, mit dem ich den Anhänger in eine eigene Richtung lenken konnte, notfalls quer über die Bürgersteige und durch Eckhäuser hindurch. Natürlich war mir klar, daß ich keinen einzigen Hebel bewegen konnte. Nie habe ich an die Phantastereien dieses Spiels geglaubt. Oder vielleicht doch ein bißchen... Jedenfalls war es warm. Die Sonne strahlte an einem blauen Himmel, an dem nicht ein einziger Kondensstreifen eines die Stadt überfliegenden Bombenwerfers zu sehen war. Die Wagen blieben leer, ebenso wie die Straßen, und der Fahrer und die Schaffner standen draußen vor dem Schaufenster des Fotoladens und plauderten. Es war wie Frieden, so langweilig. Also vertiefte ich mich in das, was mir gerade einfiel. Eine Redewendung diesmal. »Den Knorz wolln wir mal durchhecheln.« Das ging mir schon länger im Kopf herum, und ich kam nicht dahinter. Was war dieser »Knorz«? Ein krummer Ast? Oder ein Kerl? »Hecheln«, das kannte ich, Hanf wurde gehechelt, aber das paßte nicht. Hatte es etwas mit kaputtmachen zu tun?

Die Schaffner stiegen jetzt wieder ein, der Fahrer betätigte die Klingel, und auf ging's, in einer weiten Schleife in den Koninginneweg. Es würde das letzte Mal sein, daß ich Fräulein Simzhauser ein Päckchen brachte. Am Park Leidsebosje nahm der Verkehr wieder etwas zu, und die langen Winker der Automobile flogen raus und rein, daß es eine Lust war. Sehr viel wirkungsvoller, nämlich gebieterischer als die kleinen runden Lämpchen von heute. Dann stieg ich aus und sauste zum Kiosk auf dem Kleine-Gartman-Platz. Die alte Juffrouw mit dem dreieckigen NSB-Abzeichen an ihrem Kleid sah mich kommen und legte die große Farbillustrierte *Signal* schon für mich bereit. Begierig blätterte ich sie durch. Phantastische Fotos der Propagandatruppen aus Rußland und vom Afrikakorps eines gewissen General Rommel. Ein großer Stratege, der es am Ende wieder einmal nicht schaffte. Und wie immer waren die Fotos umwerfend. Die Soldaten sahen aus, als wären sie gerade aus der Waschmaschine gezogen, und die Falten in ihren Kampfanzügen wie frisch gebügelt. Die Helme glänzten, als wären sie eben eingefettet, und ihre Waffen bis hin zu den Handgranaten mit den wuchtigen Holzschäften wirkten einfach imponierend. »Ja«, sagte die Kioskfrau, »der Krieg geht gut voran!« Ich sagte lieber nichts, wußte es wahrhaftig besser. Die Karten, die mein Vater auf dem neuesten Stand hielt, redeten zunehmend eine andere Sprache. Nun ja, dazu zogen wir auch jeden Tag das Radio aus dem Versteck unter dem Fußboden hervor, und was wir dann mitten durch das Gejaule der Störsender hindurch hörten, war wirklich was anderes. Aber vielleicht besaß diese alte Juffrouw kein Radio, oder ihr Gerät war auf einen dieser verkehrten Sender eingestellt, wo bloß Paulus de Ruiters mieses Kabarett zu hören war. Die Fotos verkündeten jedenfalls »Sieg! Sieg! Sieg!« und zeigten arische Prachtvisagen vor hellblauem Himmel, im Hintergrund endlose Reihen russischer Kriegsgefangener. Grau. Verdreckt. Zerbrochen. Und überall Feuer. Kniehoher Morast. Schneegestöber. Ich bekam die beiden Welten nicht zusammen.

»Und, bist du jetzt Mitglied im Jugendsturm?« wollte die Kioskfrau wissen. Und wieder habe ich den Geschmack von den Frujettas, den sauren Drops, im Mund, auf denen ich damals oft herumlutschte. Ich rannte davon, in die Marnixstraat, wo riesige Rammaschinen nach Koks und Teer riechende Schwaden über die Fahrbahn dampfen ließen und ein Panzer, in den Wüstenfarben Beige und Braun bemalt, noch eine Zeitlang vor mir herfuhr. Ja, uns Jungen interessierte weniger der Moff selbst als seine Heeresausrüstung. Und nicht ohne Grund, denn schließlich waren unsere Truppen völlig aufgerieben worden. Wenigstens blieb uns die Festung Kornwerderzand, die der Moff nicht hatte erobern können. Und die Fokker

G1 mit dem Doppelrumpf, damals der vermutlich beste Jagdbomber im Luftraum. Aber sonst, was hatten wir schon zu bieten?

Mein Vater zieht hastig den Mantel an, setzt den Hut auf. »Komm mit«, sagt er. »Du wirst etwas sehen, was du nie wieder zu sehen bekommst.« Prima, denn nichts ist schöner, als mit ihm loszuziehen. Ich frage nicht einmal, wohin wir gehen, und nach einer Fahrt mit der Linie 1 stehen wir in der Rozengracht unter den steinernen Baldachinen der Arkaden. Und es sind noch mehr Leute da. Eine ganze Menge sogar. Kein Wunder, denn alle wollen sie sie begrüßen, unsere Fahrradkompanie, die da auf ihren robusten Fahrrädern aus Richtung des Königlichen Palastes heranrollt. Immer drei und drei Soldaten und kerzengerade mit gestrecktem Rücken. Einige mit einem Kameraden auf dem Gepäckträger. Deren Fahrrad war sicher ausgefallen, sah aber richtig gemütlich aus. Und da war auch das Musikcorps. Sehr geübte Soldaten, die gelernt hatten, freihändig zu fahren. Wie hätten sie sonst die am Lenker befestigten Trommeln schlagen oder das Kornett blasen können? In der Straßenbahn zurück nach Hause fragte ich meinen Vater, was Radfahrer an der Front zu tun hatten. »Singen«, sagte mein Vater. »Singen, aus voller Brust, zum Beispiel ›Hoch auf dem gelben Wagen sitz ich beim Schwager vorn‹. Weißt du, das ist so ein überholter Truppenteil, den es bald nicht mehr geben wird. Nur aus Sparsamkeit wird noch an ihm festgehalten. Und bei militärischen Übungen dürfen sie dann ein bißchen im Feld herumfahren, mit weißen Pappschildern vorn auf ihren Fahrrädern, auf denen in großen Buchstaben ›Tank!‹ steht. Oder ›Panzerwagen‹. Oder ›Straßensperre‹. So lernt der Infanterist den Umgang mit der Artillerie.« Darüber mußten wir beide mal wieder lachen.

Carrie Simzhauser wohnte in einem riesigen Häuserblock mit lauter winzigen, unterteilten Wohnungen. Wohnte man hinten, hatte man einen kleinen Balkon, wo die Wanne hängen und der Abfalleimer stehen konnte, mit Blick auf die kleinen Gärten. Dort türmte sich das Gerümpel und alte Eisen der Kleinhändler aus den Erdgeschossen. Aber Carrie wohnte nach vorne raus und hatte nur zwei Schiebefenster, von denen das eine zwar bombenfest saß, aber immerhin, mit Blick auf die Straße. Doch was gab es schon zu sehen in der Marnixstraat? Ich selbst achtete sowieso auf gar nichts, wenn ich auf meinen viel zu engen und spitzen Robinsons hindurchlief. Später im Krieg sollte es noch schwierig werden mit meinen Problemfüßen.

Die demolierte Haustür hing auch bei diesem letzten Besuch noch schief in den Angeln, das Seil, mit dem sie von innen geöffnet wurde, zog sich müde durchs Treppenhaus, dessen Wände mit tiefen Löchern übersät waren, und die Stufen waren bis auf die Tragbalken abgetreten. Von außen sah diese große Wohnhöhle noch stabil aus, aber innen hatten die Bewohner, die keine Liebe für ihr Zuhause aufbringen konnten, die reinste Müllkippe daraus gemacht. Langsam begann ich die endlose Kletterei nach oben durch die Gerüche von Kohl, Katzenklo und in Salz eingelegte Endivien, von denen jeder Gemüsemann immer ein riesiges Faß stehen hatte. Vitaminlose Armut. Typhushaufen, brummte ich und bemühte mich, den im Treppenhaus aufgehängten Fahrrädern, Kinderwagen und Wäscheleinen auszuweichen. Je nun, wo sollte man die Sachen auch lassen? Und das Lied »Sozialisten, schließt die Reihen! Die Trommel ruft, die Banner wehn« wird hier bestimmt niemand singen. Man hustete höchstens und fluchte vor sich hin. Und jetzt passierte es.

Im obersten Stock gab es nur noch Carries kleine Wohnung. Und wenn man anklopfte, dauerte es fünf Minuten, bis sie alle Riegel zurückgeschoben und alle Schlösser geöffnet hatte. Aber diesmal stand die Tür einen Spalt offen, und von drinnen kam Musik. Carries Koffergrammophon, das in voller Lautstärke einen Wiener Walzer zum besten gab, begleitet von Carrie und einer Männerstimme. Zögernd blieb ich stehen und nutzte die Gelegenheit, schräg hineinzuschauen und die Konstruktion der Toilettentür einmal genauer zu betrachten. Wie alles hier, war auch der Toilettenraum zu klein und so eng, daß man eigentlich nur bei offener Tür auf dem Klo sitzen konnte. Aber der Architekt oder der städtische Baumeister hatte auch dafür eine brillante Lösung gefunden. Das unterste Feld der Tür bestand aus festem Gummi, und so ließ sich die Tür wenigstens schließen. Bei Carries Tür war aber etwas Gewalt nötig, denn das Gummi war nicht mehr elastisch und vom Alter etwas brüchig. Durch die Beulen, die die Knie ins Gummi drückten, konnte man von draußen sofort sehen, wann die Toilette besetzt war. Ob sich das ein Verrückter oder ein Genie ausgedacht hatte?

Vorsichtig öffnete ich die Wohnungstür etwas weiter, so daß ich hineinblicken konnte, und was ich sah, entsetzte mich. Auf dem Tisch standen eine Flasche Wein und Gläser, und die brave Carrie Simzhauser thronte als tolle Lola auf dem Schoß eines deutschen Landsmanns. Sein Oberhemd war fast ganz aufgeknöpft, und über einer Stuhllehne hing die Uniformjacke mit den roten Aufschlägen der Flugabwehrtruppen, welche die Flak dröhnen ließen und nachts die Scheinwerfer bedienten. Fassungslos machte ich mich davon und kam atemlos zu Hause an, wo ich meiner Mutter das Päckchen für Carrie zurückgab. Ich beschrieb, was ich gesehen hatte, verschwieg aber, was den größten Eindruck auf mich gemacht hatte: die Hand von diesem Moff, die tief in Carries Ausschnitt steckte. Gleich nach Kriegsende haben wir Carrie noch auf Zeitungsfotos gesehen. Da stand sie in zerrissenem Mantel und nur einem Schuh inmitten einer Gruppe von Frauen auf dem Dam, wo sie mit den anderen darauf wartete, als Moffenhure kahlgeschoren zu werden. Wir waren, glaube ich, damit nicht einverstanden. Warum sollte sich eine Reichsdeutsche nicht mit einem Moff einlassen dürfen? Ach ja, damals geschahen die unsinnigsten Dinge. An einem der ersten Tage nach der Befreiung zertrampelte eine blindwütige Menge auf der Kreuzung Marathon-Olympiaweg große Fotos des Führers und anderer Bonzen in Goldrahmen hinter Glas, während ein Stück weiter eine Band südafrikanische Lieder wie »Hühott, mein Ochsenwagen« spielte und Prinz Bernhard in einer Gloster Meteor über unser Viertel flog und auf einer improvisierten Landebahn im Dünensand landete, wo jetzt die Goldküste Amsterdams liegt: Buitenveldert.

Meine Mutter hat Damenbesuch zum Nachmittagstee. Die Frau hat riesige Füße, so groß, wie ich sie nie wieder gesehen habe. Auch nicht bei Männern. Und ihr Gang! Wie ein Dragoner. Wird wohl eine Krankheit gewesen sein. Die Welt war damals voll von Mißbildungen und Verwachsungen.

»Palm ist pleite«, sagt die Frau. »Aber, nun ja, es ist

sowieso nicht die Zeit für Galanteriewaren. Und wissen Sie, was da nun drinsitzt? Ein Jude! Mit Textilien!«

»Ach«, sagt meine Mutter. »Schnell mal vorbeischauen, sie haben oft so feine, besondere Sachen.«

»Aber daß es wieder ein Jude sein muß«, sagt die Frau und stampft dann mit einem dieser Füße auf unseren Fußboden.

»Wollen Sie noch einen Löffelbiskuit?« fragt meine Mutter. »Können Sie einstippen.« Und plötzlich merke ich, wie sie wütend wird. »Und mit einem Juden«, fährt sie fort, »hat man *never a dull moment.* Entweder gibt es etwas zu lachen, oder man hat ein interessantes Gespräch.«

Ich blicke durchs Fenster zur evangelischen Schule auf der anderen Straßenseite. Auch da nur Leere. In jenen Kriegstagen gingen die Kinder nicht zur Schule. Wie sollten sie! Bei all dem Fliegeralarm. Aber doch bleibt das Gebäude offen, denn die Turnhalle war dem Luftschutz zugewiesen worden. Und die Luftschutzwarte standen den ganzen Tag, einen Arm nach hinten auf den Rücken gelegt, wie Polizisten in der tiefen Eingangsnische der Schule herum und kamen erst bei Fliegeralarm zum Vorschein. Dann blickten sie nach oben und suchten den blauen Himmel nach Flugzeugen ab, denn von da war schließlich Arbeit zu erwarten. Es wurde nie was Rechtes daraus. Diese Luftschutzwarte waren meistens schon etwas ältere Männer, die tadellos aussahen in ihren frisch gebügelten blauen Overalls und blaulackierten Armeehelmen. Anders als die Frontsoldaten, die abprallende Kugeln und Splitter fürchteten, hatten sie die Plakette mit dem tapfer voranschreitenden vaterländischen Löwen nicht von ihren Helmen entfernt. Dennoch. Die wichtigtuerischen Luftschutzwarte waren Freiwillige, Dilettanten, und der Gürtel, den sie über ihrem Overall trugen, verriet es. Einige hatten sich dafür entschieden, den Gürtel aus ihrer Alltagshose zu ziehen. Bei anderen wiederum waren es Pfadfindergürtel mit einer Schnalle, die einschnappte, und mit Ringen für das große Schlüsselbund, die Trillerpfeife, den kleinen Kompaß und die Instruktionen vom Boß. Einer trug ein am Rücken breit ausladendes Exemplar, wie ich es auf einer Zeichnung von einem Ulan aus dem Ersten Weltkrieg gesehen hatte. Ein anderer war darauf gekommen, sich seinen Gürtel aus einer Hundeleine zu flechten, und ein Dickwanst hatte sich sogar einen aus der Garderobe seiner Frau gezaubert: dunkler Samt und anfangs noch breit, spannte er schon bald wie ein Seil um seinen Bauch.

Und trotzdem, in den ersten Tagen des Krieges waren wir Knirpse noch mächtig beeindruckt. Mehrmals am Tag kam plötzlich dieser kurze, gebellte Befehl. Die Luftschutzwarte sausten dann hinein in die Schule und sausten wieder heraus aus der Schule, wobei je vier Mann einen Motor zwischen sich trugen. Andere schleppten

Feuerwehrschläuche, und drei blieben einfach zurück, rauchten eine Zigarette oder aßen einen Apfel, denn die Leuten überhäuften sie mit Süßigkeiten, Milch und Limonade. Und dann begann die Übung: Auf dem Grünstreifen neben dem Kanal wurden unter gewaltigem Tauziehen die Motoren angeworfen und dann im dicken Rauch und mit viel Getöse die Feuerwehrschläuche angeschlossen. Vier kümmerliche Wasserstrahlen zischten in den Kanal oder verloren sich nach oben im Luftraum, doch ihr eigentliches Ziel, die andere Seite, das andere Ufer, haben sie nie erreicht. »Ein Glück, daß keine Bomben fallen«, sagte Jan Voors. Er hatte mir soeben etwas Besonderes geschenkt. Eine Stange Süßholz. Stimmt, dachte ich. Denn dann würden sie bei lebendigem Leibe verbrennen. Inzwischen waren die Overalls unserer Luftschützer ganz schön durchgeweicht, denn aus den Motorpumpen spritzte Wasser nach allen Seiten. Es war spät geworden, und wie immer schien eine rote Sonne durch die Häuserschlucht der Hendrik Jacobszstraat auf der anderen Kanalseite zu uns herein. Die Helme der Männer, die mit dem Wasser spielten, glühten auf. »Wie Käfer«, fand Hettie Schippers, und ich wußte genau, was sie meinte. Der Fliegeralarm machte all dem ein Ende. »Bis morgen!« riefen wir uns nach.

»Rotterdam brennt«, sagen die Leute in der Konditorei Kiebert an der Ecke Marathonweg–Uferstraße. »Rotterdam brennt.« Und wenig später spricht im Radio eine Männerstimme zu uns, in feierlichem Ton und die Worte schön vorn im Mund artikulierend, wie es damals üblich war. Und er dankt ihnen und redet dabei nicht mehr von »unseren Truppen an der Front«, sondern von »unseren Jungens im Felde«. Ist das General Winkelman, unser Oberbefehlshaber? Jedenfalls hört man für einen Moment ganz deutlich ein Geräusch im Hintergrund. Das müssen Tausende Hände sein, die sich finden und herzlich schütteln. Und die Männer vom Luftschutz haben ihre Overalls zusammengerollt und gehen in ihrer Zivilkluft denn mal wieder nach Hause. Die Schultür ließen sie einfach offen, so daß Horden von Kindern die Turnhalle für sich erobern konnten, bis Rektor Bosma dem ein Ende machte, wobei er hier und da tüchtig zulangte.

Sein Sohn unterrichtete an derselben Schule, er hieß Alle, und wir ärgerten ihn und sangen »Alle meine Entchen schwimmen auf dem See«, worauf er vor Wut außer sich geriet. War Meneer Bosma übrigens ein Held? War er im Widerstand? Sicher war, daß Meneer Bosma ein paar verbotene Schulbücher versteckt hatte. Wie es hieß, mit Fotos von unserer Königin, ihrer Tochter und ihrem Gemahl Bernhard. Und mit patriotischen Liedern natürlich, die vom kleinen, wehrhaften Holland und niederländischem Blut in unseren Adern erzählten. Für den Besitz solcher Bücher konnte man ins Kittchen wandern oder auf Transport gehen. Wir zu Hause fanden das albern und dumm von ihm. War Meneer Bosma also ein Held? Was soll man sagen. Jedenfalls fing er sofort nach der Befreiung damit an, auf seinem Fahrrad mit – man beachte! – noch gut erhaltenen Reifen langsam in unserem Viertel herumzufahren. Seine Hosen waren in eine Art militärischer Gamaschen gewickelt, und um seinen beigen Regenmantel trug er ein richtiges Polizeikoppel mit einer übrigens leeren Säbelscheide und an einem Ärmel eine offensichtlich selbstverfertigte Armbinde mit dem Aufdruck des illegalen Widerstands: »B!S!«, Inländische Streitkräfte also, mit Ausrufezeichen. Und so kurvte Meneer Bosma durch unser Viertel und redete dabei murmelnd auf seine Lenkstange ein. Beim Einkaufen in der Vana hörte ich, daß der städtische Gesundheitsdienst dem ein Ende bereitet hatte. Sein Fahrrad lehnte noch monatelang an einer der riesigen Pappeln neben den Bänken. Nicht abgeschlossen. Das Gartenamt wird sich schließlich erbarmt haben. So gute Reifen. Übrig blieb nur Meneer Bosmas Regenmantel, der vom Wetter allmählich grün bemoost schien. Ach, der Mensch ist wie Rauch, heißt es in der Bibel.

Der Einzug der Moffen war imponierend. Sie kamen durch die Rozengracht Richtung Dam und gleichzeitig durch die Amstellaan von der Duivendrechter Brücke her. Und schweigend sahen die Menschen zu. All das interessante Material, auf dem die Soldaten saßen, die Waffen locker im Arm. Die Gesichter unter den eindrucksvollen Helmen reglos wie aus Pappe. Und keine Sekunde blickten sie zur Seite, zu den Leuten. War es aus Verachtung oder auf Anweisung? Jedenfalls war uns Jungens klar, daß unsere Truppen für diese Streitmacht kein Gegner gewesen waren. Rostiges Quietschen und Rasseln von Raupenketten, und aus den offenen Luken der Panzer immer wieder das Knacken der Funkgeräte. Auch hungrig machende Gerüche der großen mobilen Feldküchen. Hier und da standen Grüppchen beieinander, oft ganze Familien. Sie zeigten nach oben, wo nur leerer blauer Himmel war, bis uns klar wurde, daß sie den Arm zum Hitlergruß gestreckt hatten. NSB-Leute. Um sie herum blieb der Raum leer. Mit denen wollte keiner was zu tun haben. »Kommt«, sagte mein Vater zu uns, »auf zu den Fleischtöpfen Ägyptens.« Wir gingen wieder mal nach Hause, als wäre nichts passiert. Der Fliegeralarm schien vorbei zu sein.

»Er steht drin!« ruft einer meiner Brüder, und ich renne ins Eßzimmer, wo die Zeitung schon aufgeschlagen daliegt. Tatsächlich, da ist er! Ein gewisser von Tiedemann. Derselbe Generalleutnant, der schon in Polen bei Gdingen und Oxhöft so erfolgreich damit war, schlecht ausgerüstete und kampfunerfahrene kleine Armeen mit seinen hochmodernen und durch und durch trainierten Truppen in die Pfanne zu hauen, zu allem Überfluß noch unterstützt von der allgegenwärtigen Luftwaffe. Mit einer Lupe betrachte ich das Foto. Von Tiedemann hat den groben Schädel eines Viehtreibers, und an seinem Koppel hängt eine auffallend kleine Pistole. Der stellvertretende Bürgermeister Kropman drückt ehrerbietig die Hand des hohen Militärs. Kriecherisch. Feige. Ängstlich. Nein, Beamte stimmen in solchen Situationen niemals das Wilhelmus, unsere Nationalhymne, an.

Und unterdessen schieben sich im milden Licht der Sommerdämmerung immer noch verstreute Gruppen niederländischer Militärs an den Häusern entlang, bemüht, Abstand voneinander zu halten. Sie sehen müde und heruntergekommen aus mit ihren offenen Uniformmänteln, die Mütze auf den Hinterkopf geschoben. Offensichtlich dem eisernen Griff des berüchtigten Major Brückner entkommen und auf dem Weg nach Hause. Aber was ist das denn? Nur wenige Leute sind auf der Straße, doch keiner bleibt stehen oder hebt den Kopf, um zu horchen. Höre ich schärfer, oder höre ich mehr? Plötzlich ist für einen Augenblick ganz deutlich der brechende Klageruf eines Blasinstruments, eines Schofars zu hören. Er kommt aus der Richtung des riesigen Häuserblocks von Patrimonium, der christlichen Wohnbaugenossenschaft. Ein Milieu, wo das Harmonium zu Hause ist, diese Kreissäge des Glaubens, doch das Widderhorn unbekannt. Wie kämen sie auch dazu, die Bekennenden einer Gemeinschaft, die sich das geistige Israel wähnt. Das hatte mein Vater mir längst beigebracht, am Frühstückstisch, während er den Honigkuchen schnitt.

Auf einem der langen Eisenbalken vor dem Geländer der Marathonbrücke saß ein bereits älterer Soldat mit den Streifen eines Unteroffiziers auf den Ärmeln und einem Jagdhorn am Kragen. Motorisierte Kavallerie oder so was. Leise setzte ich mich neben ihn und beugte mich ebenfalls vor, die Unterarme auf die Knie gestützt. Wie still es in der Zeit oft war. Auch jetzt. Habe ich den Soldaten gefragt, wie es war? Seine Stimme ist brüchig, als er sagt, es sei gewesen, als wenn ein Riese mit einer Spitzhacke auf ein Kaninchen einschlägt. Ein Bild, das weh tut. Ich zog eine angebrochene Rolle Frujetta aus der Hosentasche und bot ihm ein Bonbon an. Er nimmt drei, was ich ihm gönne. Dann legt er mir seine Hand auf die Schulter, schaut zu mir herunter und sagt heiser, daß ich es nie tun soll. In der Armee kämpfen. Daß es zu gefährlich ist. »Nimm rechtzeitig die Beine in die Hand, versprich mir das! Besser, du lebst in einem anderen Land, als daß sie dich in eine andere Welt befördern.« Er dreht sich um und geht fort, in Richtung Sint-Agnes-Kerk, mit seiner gehäkelten Einkaufstasche, in der ich so nebenbei

Rasierzeug und einen Pfeifkessel entdeckt habe. Später, viel später würde ich mich an seinen Rat erinnern und ihn beherzigen. So wäscht mal wieder eine Hand die andere, bis beide schneeweiß geworden sind.

War Juffrouw de Wilde »ein Schatz«, wie es eine Frau mit Ponyfrisur in der Drogerie Wiedeman am Marathonweg behauptete? Juffrouw de Wilde übernahm Vertretungsstunden, wenn andere Lehrer das Unterrichten unterbrachen, wie es genannt wurde. Später stellte sich dann heraus, daß sie nach England geflohen waren. Oder aber, daß sie sich zum Dienst in der SS-Standarte Westland gemeldet hatten, deren Anmeldungsbüro in einem Geschäftshaus am Anfang des Nieuwendijk lag, vom Dam aus rechts, aus dem immer laute Marschmusik dröhnte. Und dann Meneer Flenterie, der Zeichen- und Turnlehrer, der immer aufbrausender wurde, schimpfte, mit den Türen knallte und fluchend durch die steinernen Schulflure rannte. Seine Zeit als Soldat am Grebbeberg hatte ihn verwirrt. Und so wurde er schließlich in einer Heilanstalt untergebracht. Alle Kinder unserer Schule haben ihm noch eine Karte geschickt. Das werden sicher so an die dreihundert Karten gewesen sein, denn damals waren in jeder Klasse etwa fünfundvierzig Kinder. Aber keine Nachricht, kein Dank von Meneer Flenterie, das wäre am Schwarzen Brett unten im Flur angeschlagen gewesen. Ach, und später ist er doch noch der Lokomotive eines

Güterzugs entgegengerannt. Ein Kriegsopfer. Auf Umwegen.

Wenn Juffrouw de Wilde das Klassenzimmer betrat, saßen wir kerzengerade mit verschränkten Armen in unseren Bänken, aus Respekt vor ihrem Alter, ihrer Zartheit und diesem immer schwarzen Altfrauenkleid und dem etwa vierzig Zentimeter langen elastischen Lineal, mit dem sie mir unter anderem die Linkshändigkeit beim Schreiben herausschlug. Und natürlich habe ich zu Hause manchmal eine mißhandelte Patsche vorgezeigt. Sie waren nicht beeindruckt. »Das stählt dich«, sagte meine Mutter. »Hier, der Kamm. Bring mal die Fransen vom Wohnzimmerteppich in Ordnung.« Und noch immer höre ich den Regen am offenen Fenster rauschen.

Juffrouw de Wilde konnte auch erzählen. Ganz unerwartet manchmal und von Dingen, die nicht in unseren Schulbüchern standen. So beugte sie sich einmal über eine blühende Begonie auf der Fensterbank und sagte, daß unser Land an die achteinhalb Millionen Menschen zählte und damit das am dichtesten besiedelte Land der Welt war. Damals schon.

Es gab jetzt wieder mehr Fliegeralarm, und Juffrouw de Wilde, die ich einmal von einem ihrer Kollegen Sara hatte nennen hören, trug einen gelben Stern auf ihrem Kleid, als sie in die Schule kam. Sie gab noch kurz Unterricht und nahm dann mit einem »Nun, Kinder, dann also bis nach dem Krieg« Abschied von uns. Und dann war auch Sara de Wilde verschwunden. Auf die anderen machte es keinen großen Eindruck. Ich habe nach der Schule noch einen Augenblick am Wasser der Olympiakade gestanden, und dann sah ich in der gelblichen Luft, die nach Regen roch, graues Haar und darunter ein schwarzes Altfrauenkleid vorbeischweben. Es wird Einbildung gewesen sein.

Mein Vater steht im Licht. Würde ich die Türen des Wohnzimmers und des großen Schlafzimmers öffnen und das Rollo vor den bereits offen stehenden Balkontüren hochziehen, dann fiele sein riesiger Schatten auf das schräge Dach der Kirche, und die Dachpfannen würden sich lösen und hinunterrutschen.

Mein Vater trägt einen weitsitzenden und unglaublich hellgrauen Sommeranzug, wie man ihn sonst auf der Straße nicht sieht. Für seine Anzüge wird bei Kreymborg in der Kalverstraat Maß genommen, und angefertigt werden sie von Meneer Hütt, dem es später glückte, in die Schweiz zu entkommen, und der gleich nach der Befreiung bei uns an der Tür klingelte. Es war das erste Mal in der vieljährigen Beziehung, daß er bei uns vorbeikam. Als er hörte, daß mein Vater nicht mehr war, stand er auf, blickte aus dem Fenster und brach in Tränen aus.

An diesem Tag trägt mein Vater seinen schwarzen

Schlapphut, der seiner Gelehrsamkeit etwas Schwungvolles verleiht. Ein Denker, der keine Angst hat, auch mal ein Eis zu schlecken. Was haben wir vor? »Das hängt von dir ab«, sagt mein Vater. »Welchen Weg nehmen wir, gleich durch die Koningslaan oder noch den Bogen zur Van Eeghenstraat?« Wir gehen also zum Vondelpark. Und ja, natürlich. In der Küche steht die große Tüte mit dem in Würfel geschnittenen Brot bereit. Nach dem Spaziergang durch den Rosengarten, das Rosarium, werde ich das Brot in einem Schwung über die Enten und Schwäne kippen, wonach das Federvieh einen erbitterten Kampf austragen wird. Gibt es was Schöneres? Aber als wir beim Van-Heutsz-Denkmal sind, ist es mal wieder soweit. Fliegeralarm, und in der ersten Zeit der Besatzung wurde noch von einem erwartet, daß man die Straße verließ. Kein Problem für uns. Aus einer seiner Taschen zieht mein Vater eine weiße Armbinde und befestigt sie mit zwei besonders kleinen Sicherheitsnadeln am linken Ärmel. Darauf ein paar Stempel und in schwarzen Lettern: »Geistlicher Beistand«. »Und wie machst du das?« will ich wissen. Seine Antwort läßt etwas auf sich warten. »Das sollte ich eigentlich wissen«, gesteht mein Vater dann. »Aber, ehrlich gesagt, ich weiß es gerade auch nicht. Ich beuge mich über den Menschen, soviel ist mir klar. Aber dann? Der wird schon etwas sagen müssen. Um etwas bitten, bevor ich Trost spenden kann. Mit geistlichen Dingen muß man sehr behutsam sein, sich vortasten, ob ein offenes Ohr dafür da ist. Aber jetzt, sollten wir trotzdem angehalten werden, dann bist du Kees de Wees aus Vlaardingen. Den Rest kannst du mir überlassen.« Und wir lachen zusammen, wie so oft. »Sara, dein Rock schleift über die Treppe«, singe ich, »Nein, Mutter, das ist meine Schleppe«, wonach ich sofort aufhöre. Mir ist plötzlich, als würde ich Juffrouw de Wilde noch im nachhinein verspotten.

Wie so vieles in unserem Viertel gefällt mir auch die Jan van Goyenkade auf der anderen Seite des Kanals. Der Häuserblock mit den zwei Stockwerken aus dunklem Backstein, die kleinen, gepflegten Gärten, in denen abends Gartensprenger die Sträucher rascheln lassen, und die großen Fenster mit ihren breiten Markisen in gelben, grünen, roten und gleichmäßig orangefarbene Bahnen erinnern mich auf unerklärliche Weise an die jüdische Küche mit dem Geruch von frischgeschnittener Gurke. Alles ist hier so schön und noch wie neu. Und ein idiotischer Gedanke kommt in mir hoch: Der Führer wird hier niemals wohnen. Unterdessen zeigt mein Vater zum Wasser hinter dem Grünstreifen und erzählt, wie die Juden seinerzeit begannen, auf diese Seite des Amstelkanals überzusiedeln. Sie wollten breitere Straßen mit richtigen Bäumen, an die man sein Fahrrad lehnen konnte, und größere

Wohnungen mit einem Boiler in der Küche und einer ordentlichen Toilette. Endlich mal wieder eine solide, sauber gestrichene Haustür und Klingelfelder aus Messing, die immer glänzten, und nicht mehr diese furchtbare Hellhörigkeit der verkommenen Behausungen, wo Fußboden und Zimmerdecke aus dünnen Balken gezimmert waren. Mein Vater wußte viel zu erzählen vom alten Judenviertel. Als elternloser Junge war er oft dort herumgelaufen. Und auch wir schlenderten regelmäßig durch die Weesperstraat, die Jodenbreestraat und den großen Markt, das Waterlooplein. Unternehmungen, die wir mit einem warmen Pökelfleischbrötchen beendeten, während schon die ersten Öllampen in den Buden angezündet wurden. Wurde es dort im Judenviertel schneller dunkel?

Wir erreichten den Vondelpark, und der ist wie immer. In sich gekehrt. Still. Die paar Leute, die dort herumlaufen, werden von der Stille gleichsam aufgesogen. Nur an schönen Sonntagen sieht man dort Familien und unzählige Kinder, ebenso wie Jungen auf ihren Fahrrädern, die freihändig über die Wege fahren. Den Rosengarten haben wir für uns allein, und er beeindruckt mich nicht besonders. Zu viele und für meinen Geschmack zu grelle Farben. Flora ist also gar nicht immer schön, und manchmal beißen sich die Farben auch. Nur die Bäume halten sich da heraus. Aber die sind ja sowieso auf sich gestellt.

Im Pavillon trinken wir Kakao, und sie haben noch

Rührkuchen. Jeder also zwei Stücke. Mein Vater ist ein bißchen naschhaft. So hat ihn einmal jemand – an einem Sonntagnachmittag wohlgemerkt – auf einer Terrasse am Rembrandtplatz gesehen, wo er etwas trank, was Tomatensaft ähnelte. Und diese Petze mußte es natürlich gleich meiner Mutter zutragen. Ich war gerade dabei, eine kleine Lokomotive mit dem Küchenmesser auseinanderzunehmen, und hörte vom Flur aus, wie meine Mutter meinen Vater darauf ansprach. »Das kannst du nicht machen! Am Sonntag! Vor den Augen der Leute.« Mein Vater, die Ruhe selbst, sagte, sie müßten eben, wenn sie das nicht ertrügen, die Augen senken. Aber Mutter blieb hartnäckig. »Der Tag des Herrn. Das ist nicht erlaubt.« – »Nein«, erklärte mein Vater, »das siehst du falsch. Nur die Juden haben ihren Tag. Den Sabbat. Nicht-Juden haben, was das angeht, nichts. Und übrigens heißt es *am* Tage des Herrn, und damit ist nicht ein einzelner Tag gemeint, sondern ein ganzes Zeitalter.« Wonach beide fröhlich lachten. Das passierte immer, wenn die Bibel ins Spiel kam und ein Problem aus der Heiligen Schrift kritisch geprüft und gelöst wurde. Wer solche Dispute aus eigener Erfahrung kennt, weiß, wovon die Rede ist.

Ein ruhiger Spaziergang durch den Park, und auch der Rückweg ohne Besonderheiten. Doch dann kommen wir auf die niedrige Brücke, deren gußeisernes Geländer sich über das pechschwarze Wasser neigt. Im Teich schwimmen große Seerosenblätter, aus denen Rohrkolben sprießen. Und hier bleibt mein Vater stehen und schaut. Und ich schaue mit ihm und sehe eine Gestalt am Wasser stehen, zwischen den Sträuchern und unter einem blühenden Baum. In langem schwarzem Gewand mit einem schwarzen Hut, der dem meines Vaters nicht nachsteht, und dunklem, weit abstehendem Bart. In den Händen hält er ein kleines Buch. Sein Oberkörper wiegt sich vor und zurück, und die Peies schaukeln in ganzer Länge mit. Ein vertrautes Bild. In Scheveningen, wo ich regelmäßig zu Besuch war, wohnten einige von ihnen nicht weit von der Strandpromenade entfernt. Dort hatten sie auch ihre *Schul,* die Synagoge. Ostjuden, vielleicht Chassidim. An einem sonnigen und windigen Tag bin ich einmal an der Hand eines von ihnen mit den anderen dorthin gegangen. Die Synagoge glich einer dunklen, samtenen Höhle, *Emmet Lejakov,* Jakobs Wahrheit, und man meinte Jakobs Ausruf zu hören, bei dem man erschrickt: »Er war hier, und ich habe es nicht gewußt.« Und ich bin auf einmal begeistert und hüpfe auf den Brettern der Brücke auf und ab und rufe etwas wie: »Reb Jidd! Reb Jidd! Schalom! Schalom!« – »Sei still«, sagt mein Vater. »Du siehst doch, er betet und wirft sich nieder vor seinem und vor unserem Gott.« Langsam gehen wir weiter und blicken noch einmal zurück, durchs Gebüsch und zwischen den Baumstämmen hindurch auf einen Mann und sein Gebet, der keinen Stern trägt und doch schon von weitem als Jude zu erkennen ist. »Hob rachmones«, flüstert mein Vater. Und erst als wir in unsere Straße kommen, heulen die Sirenen wieder, um das Ende des Fliegeralarms bekanntzugeben. Und in der ganzen Zeit kein Flugzeug gesehen oder auch nur gehört.

Hätte ich nicht von ihnen gewußt, ich hätte sie niemals entdeckt. Die Reitschule und den Minerva-Spielplatz. Ein herrliches, großes Gelände, und doch dem Auge entzogen, umgeben von dichten Wällen hoch wuchernden Gebüschs, dazwischen Dornensträucher und Bäume, die das Ganze überragten. Etliche von denen sollten im Hungerwinter daran glauben. Auch das hohe, gelbe Tor, durch das man den Spielplatz betrat, war von der Apollolaan aus nicht zu sehen, denn der Weg dorthin verschwand zunächst in einer Biegung hinter der Baumgruppe. Kurz, als sie überall die Schilder »Voor Joden verboden« anbrachten, mußten sie das Gelände übersehen oder einfach vergessen haben. Ein anderer Grund ist nicht denkbar, denn dieses Verbotsschild schaffte es schließlich überall hin – bis an die Eingänge zu den Pissoirs. Und also kamen sie, die Juden, zu einem Schlupfloch, einem Ort, einem Platz, der mit üppigem Gras bedeckt war und wo sie sich treffen und in der Sonne sitzen konnten und wo ihre Kinder sich auf Wippen, Schaukeln und kleinen Karussells amüsierten, die noch gut instand waren. Und ich ging gern dorthin und watete gleichsam durch Wolken von Stimmen, die jetzt gar nicht daran dachten zu flüstern. Man hörte viel Deutsch, anderswo klagendes Jiddisch, das von gestikulierenden Händen begleitet wurde. Auch Klänge und Töne vom Balkan und Russisch. Und überall winkte man mir, und es gab etwas zu naschen. Ach, was für immer bleiben wird, ist die Wärme und die etwas ungewohnte, aber für mich so anziehende Herzlichkeit, mit der dieser kleine Goi empfangen wurde.

Und immer war schönes Wetter, über den Minerva-Spielplatz spannte sich ein schier unglaublich blauer Himmel, an dem man nachmittags gegen drei Uhr ganz großartig die Bombenwerfer in ihren Dreiecksformationen beobachten konnte. Wellingtons, ein damals schon etwas veralteter Typ, doch mit einer kolossalen Feuerkraft. Und einige Male meine ich ein Blenheim-Geschwader gesehen zu haben, von dem man weniger ein Brummen als vielmehr Pfeifen hörte. Und donnernd meldete sich die Flak bei Schiphol und füllte den Himmelsbogen mit behaarten braunen und schwarzen Knallern. Und wo blieben die Stukas? Ein einziges Mal sah ich zwei von ihnen eine Bomberformation angreifen. Sie endeten als zwei vertikal herabstürzende Streifen. Dieses Pandämonium war gut für die Moral. Die Menschen sahen, daß der Kampf noch immer weiterging und daß so ein Flieger aus London eben gerade über sie hinwegflog. Das Schauspiel wurde auf dem Spielplatz denn auch regelmäßig mit anerkennendem Applaus gewürdigt.

Mag es auf dem Spielplatz selbst auch immer Sommer sein, wenn ich die dahinterliegende Reitschule besuche, ist es herbstlich. Der Sand der Manege ist dunkel vom Regen, die hölzerne Tribüne glänzt vor Feuchtigkeit, und vom etwas schrägen Dach des langen Pferdestalls fallen ununterbrochen Tropfen herab. Die Pferde wenden ihr Hinterteil den Türen zu, deren obere Hälfte meist offensteht. Nur der große, silbergraue Wallach Ahasveros dreht sich immer in seiner Box und blickt nach draußen. Das Tier verträgt noch keinen Sattel, geschweige denn einen Reiter. Leon, der hier den Stallknecht und Reitlehrer zugleich macht, ist ein theatralischer junger Mann von etwa zwanzig Jahren und Sohn eines Schochets, eines rituellen Schlachters. Immer rudert er mit den Armen, während er herumläuft und irgend etwas auf Hebräisch zitiert, wobei er sich manchmal eine Hand aufs Haar legt, denn er trägt keine Kopfbedeckung, keine Kipa. Und manchmal kommt er mit ausgestreckter Hand auf mich zu, aber darauf falle ich nicht herein. Er ist dann gerade beim Stallausmisten, und ich habe keine Lust auf Pferdekacke an meinen Fingern. Der Ganeff.

Und jedes Mal führe ich ein kleines Zwiegespräch mit

Ahasveros. Dann bleibe ich vor der unteren, der geschlossenen Hälfte der Box, stehen, woraufhin das riesige Tier sich hinten gegen die Futterkrippe stemmt, den Nacken beugt und leise zu schnauben beginnt. Seine großen, beinahe gelben Augen blitzen. Leise rede ich ihm zu, aber wie sehr ich nun auch horche, meine Worte von damals höre ich nicht mehr. Sie müssen irgendwo herumschweben, außer Reichweite, denn verloren gehen sie nicht. »Stelle einen Wächter vor deine Lippen«, hatte mein Vater gesagt, »denn alles, was du sagst, kehrt zurück.« Unterdessen höre ich, wie dieses große, starke Tier mit den Hufen auf dem Stein scharrt, und ganz vorsichtig kommt es näher, bis die mächtige Brust gegen die Tür drückt. Dann reckt es den Hals, und langsam kommt der gewaltige Kopf auf mich zu, bis etwa zwanzig Zentimeter vor mein Gesicht. Der Atem aus den großen Nüstern streicht mir an den Ohren entlang. Welch ein Geschöpf! Und dann sage ich das Wort, die geheime Formel, die alles Weitere zwischen uns regelt. »Knollensellerie.« Und noch einmal. »Knollensellerie«, wobei ich vorsichtig meine gespreizten Finger zwischen sein und mein Gesicht bringe und dann ganz sanft die unendlich weiche Nase zu streicheln beginne. Und das kann, was Ahasveros betrifft, ruhig eine Stunde dauern. Bleibt dies wenigstens bestehen? Vergiß es!

Doch nun zu Johan Hiegentlich. Wie alles angefangen hat. Ich hocke unter dem Schreibtisch meines Vaters, einem meiner Lieblingsplätze. Neben mir seine wunderschönen zweifarbigen Schuhe mit Lochmuster und, auf der anderen Seite, der Papierkorb. Vieles in seinem Arbeitszimmer ist aus natürlichem Material. So ist der Teppichboden aus feinem, locker geflochtenem Peddigrohr, und das fühlt sich gut an. Meine Mutter kommt herein. »Sag mal«, sagt sie zu meinem Vater, »dieser jüdische Junge letzte Woche, Leen van der Burg brachte ihn mit, und du hast dich mit ihm noch über Zionismus unterhalten. Also, dem hat gestern abend ein WA-Kerl ein Stuhlbein über den Kopf gehauen. Er mußte ins Diakonissenhaus. Der Junge kann doch nicht in dem Zimmer in der Muidergracht bleiben! Wollen wir ihn nicht bei uns aufnehmen?« Es bleibt einen Augenblick still, und mein Vater bewegt seine Füße ein wenig. »Sorg dafür, daß die Kinder den Mund halten.« Und er arbeitet weiter. Wie immer, er schreibt mit lila Tinte.

Mein Bruder, der sich immer noch »Ofenrohrkaminwand« nennt, steht am Fenster und ist der erste, der unseren Vater kommen sieht. Die Hände in den Taschen, biegt er um die Ecke und ist schon drinnen, als ein schmächtiger junger Mann mit einem federleichten Koffer und einem durch den Verband um den Kopf etwas schief sitzenden braunen Filzhut um die Ecke biegt. Und wenig später folgen die Studienkameraden. Zwei von ihnen tragen große, bleischwere Koffer, und vier andere, unter denen ich einen Sohn von Professor van Vollenhoven erkenne, zwei Kabinenkoffer von beeindruckender Größe. Nachdem all das Gepäck auf dem Flur abgestellt ist, schütteln sie Johan Hiegentlich noch ausführlich und nachdrücklich die Hand, bevor sie wieder verschwinden. Erst nach dem Krieg erfuhren wir, daß drei von ihnen später in den Widerstand gingen, aber verraten und dann erschossen wurden.

Wir sitzen zusammen am Eßtisch und trinken Tee, Johan sieht niedergeschlagen aus. Mein Vater klopft mit dem Teelöffel an seine Untertasse. »Hör zu«, sagt er. »Johan, ich halte jetzt eine kleine Ansprache. Den Inhalt werden wir die nächsten Tage noch ein paar Mal wiederholen. Denn, weißt du, es geht um die Sicherheit. Nicht nur um deine, sondern auch um die von dieser Gastfamilie. Vor den Fenstern deines Zimmers hängen dichte Gardinen. Die bleiben immer zugezogen, so daß du tagsüber ruhig herumlaufen kannst. Willst du Licht machen, ziehst du vorher die Vorhänge zu. Außerdem darfst du den rechten Flügel der Balkontür aufmachen, aber bück dich dabei immer. Die Balustrade schützt dich vor den Blicken der Nachbarn. Wird geklingelt und du bist allein hier, läßt du es klingeln. Wenn geklopft wird, läßt du es klopfen. Wenn Besuch kommt, zeigst du dich nicht.

Und da ist mein Arbeitszimmer, und dahin darfst du nur, wenn ich dich einlade.«

Ich finde es nicht nett, wie mein Vater mit ihm spricht, aber dann blickt er kurz zu mir herüber und zwinkert mir zu. Gott sei Dank, nichts weiter los, er meint es nicht so. Er redet nur so streng, weil es wichtig ist. Alles oder nichts, oder so. Auch sagt er, daß eine Luke in den Fußboden im Flur kommt, die von innen geschlossen werden kann. »Falls sie eine Razzia machen.«

»Wenn du jetzt mal eben deinen Hut absetzt«, sagt meine Mutter zu Johan, »dann lege ich dir in der Küche einen neuen Verband an.« Und da dürfen wir nicht dabeisein.

Die Vorstellung, ein Geheimnis zu haben, für das ich verantwortlich bin und das nie durchsickern darf, gibt mir ein ganz neues Gefühl. Ich bin stark. Und als mich kurz darauf wieder so ein Blödmann ärgern will, schlage ich ihm mit aller Kraft ins Gesicht. Verblüfft sehe ich eine blutende Nase, die heulend davonläuft. Und prompt bin ich ein allseits beliebter Kumpel, der dauernd zum Fußballspielen aufgefordert wird. »Ich trete nicht auf Tennisbälle ein«, sage ich dann und gehe meines Wegs. Allein für mich, wie so oft, denn das gefällt mir. Und in der Schule lernen wir ein neues Lied mit einer schönen Melodie, zu der ich sicher und erfolgreich die zweite Stimme singen darf: »Der Morgenstern ist aufgegangen ...«

Nach Ansicht mancher Leute entwickeln sich die Fronten ganz ausgezeichnet. Im Osten verpulvern die Moffen hintereinander ganze russische Armeen, und in Afrika gibt Meisterstratege Rommel den Engländern eins auf die Mütze, deren Matilda-Panzer offenbar eine Aversion gegen die Wüste haben und dauernd im Sand stekkenbleiben. Auf den Meeren versenken U-Boote pausenlos alliierte Schiffe mit Nachschub aus Amerika, und aus der Ferne winkt ein widerlicher Kerl den Nazis zu. Das ist der Großmufti von Jerusalem. Wird es den Leuten allmählich zu bunt? Auf einmal sind sie alle im Widerstand, und jeder trägt ein Streichholz im Knopfloch seines Jacketts. Und im Vorbeigehen soll man auf den Streichholzkopf zeigen. Leise flüstert man dann: »Kopf hoch!«, das Revers wird zurückgeschlagen, wieder wird auf das Streichholz gezeigt, und dann sagt man: »Bald ist es vorbei!« Ich finde das Ganze idiotisch, und mein Vater macht da auch nicht mit. Aber natürlich die ganze Olympiakade am Nördlichen Amstelkanal, ebenso wie Meneer Capel von der Reijnier Vinkeleskade, der seine Kinder en bloc zum Jugendsturm geschickt hat und manchmal mit *Volk und Vaterland,* diesem langweiligen NSB-Blatt, an der Ecke Rokin–Dam vor dem Gebäude von Peek & Cloppenburg steht. Nun ist er wegen seiner aktiven NSB-Mitgliedschaft ohnehin nicht beliebt, aber kaum läuft er mit dem Streichholz herum, da ignorieren ihn die Leute. Sogar in den Geschäften schafft er es kaum, seine Einkäufe zu erledigen. Jeder drängelt sich vor. Er zieht um. Der Feind soll es sich nicht einfallen lassen, die Symbole seines Gegners zu benutzen, auch wenn der im Augenblick noch unterlegen ist.

Unsere Schule muß sich mal wieder wichtig machen. Die Propaganda der Winterhulp, des Äquivalents für die deutsche Winterhilfe, kommt zu Besuch. Mal was ganz Neues. Sechs stämmige Frauen trampeln durch die Schulflure, und es ist erstaunlich, wie ähnlich sie aussehen. Alle in weißen Blusen und schwarzen Röcken, und das blonde Haar zu Zöpfen geflochten, die oben auf dem Kopf oder – aufgerollt – über den Ohren festgesteckt sind. »Telefönchen« nannten wir das. Frisuren aus Deutschland und von da, wo man jodelt. Und alle tragen sie entweder ein dreieckiges NSB-Abzeichen oder aber eine Brosche mit schwarzem Hakenkreuz auf Perlmutter. Und für uns haben sie auch etwas. Anstecknadeln, kleine Mühlen, die im Dunkeln grün leuchten. »Und nun singen wir ein Lied«, sagt eine der beiden Frauen auf dem Podest. »Ja!« ruft die andere. »Das ist eine gute Idee. Ich bringe euch ein schönes Marschlied bei, zu dem man gut marschieren kann.« Sie hebt die Hand, was ungefähr wie ein Hitlergruß aussieht, spitzt die Lippen und sagt: »He-Jo!« Wir brechen in Lachen aus, nicht jedoch Meneer van Swol, unser Lehrer. Er hat bis jetzt wortlos an der Fensterbank gelehnt, kommt nun aber nach vorn und ruft in den Lärm, daß dies hier eine Schule ist, in der gelernt und nicht gesungen wird. »Singen können die Kinder, wenn sie zu Hause sind!« Entgeistert nehme ich diese faustdicke Lüge zur Kenntnis, denn wenn es jemanden gibt, bei dem wir viel singen, dann ist es Meneer van Swol. Geben die Damen sich geschlagen? Sie zücken jetzt Sammelbüchsen, in die wir Geld stecken sollen, für die Winterhulp, damit soll armen Menschen geholfen werden. Hose zerrissen? Hier hast du eine neue. Sandalen durchgelaufen? Guck, ein Paar kräftige Treter aus echtem deutschem Leder. Und natürlich gibt es die herrlichen Sommerlager in der wunderschönen Natur des Großdeutschen Reichs. Jawohl. Wir wußten damals aber schon, daß nur NSB-Kinder solche Ferien geschenkt bekamen. Wir werden unser Taschengeld denn auch weiterhin für Bonbons, Süßholz und Lakritzstangen ausgeben. Und dann setzen sich die Mädels mal gemütlich zwischen uns und schwätzen drauflos. Und hier und da fragen sie etwas. Zum Beispiel, ob jemand, der nicht zur Familie gehört, bei uns zu Besuch ist. Meine Klassenkameraden begreifen diese Frage nicht. Ich schon, und ich rücke unauffällig beiseite. Aber Hans Vellekoop, unser großer Angeber, der schwadroniert wieder wild drauflos. Noch am selben Abend stehen zwei Polizisten bei ihm zu Hause vor der Tür, um sich mal umzusehen.

Und das waren noch nicht die Schlimmsten, keine von der berüchtigten SS-Polizeischule in Schalkhaar.

Mit meinem Vater auf einen Sprung zu Joachimsthal in der Jodenbreestraat. Er sucht einen hebräischen Text und kauft dann gleich *Het Joodsche Weekblad,* die jüdische Wochenzeitung. Und auf dem Rückweg nehmen wir sauer Eingelegtes mit. Und beide gleichzeitig sehen wir auf der Schaufensterscheibe eines jüdisch-orthodoxen Metzgers, der koscheres Fleisch verkauft, einen schwarzen Zettel, auf dem mit weißen Buchstaben steht: *»Für Wehrmacht verboten.«* Das muß gefeiert werden! Endlich traf es auch mal die Moffen, fanden wir. Ihnen wurde etwas verboten!

Und dann kamen sie. Wie Fliegen auf den Honig. Hier in der Gegend wohnten nun einmal viele Juden, und die WA tat ihre Pflicht und zog singend durch die Straßen. Den Leuten angst machen. So etwas macht Spaß. Sie hatten es auch im abgeriegelten Jüdischen Viertel versucht und dabei zum Schluß kräftig Prügel bezogen, unter anderem von den Jungens aus der jüdischen Boxschule. Den WA-Mann Koot kostete es das Leben. Daraufhin wurde die WA abgezogen. Aber hier, unter all den ordentlichen und etwas furchtsamen Leuten, waren die Aussichten gut. Und da kamen sie in ihren schwarzen Uniformen und glänzenden Emblemen, in schwarzen Stiefeln und Mützen, in die sicher vier Kilo Kartoffeln hineingingen. Und da sie keine Waffen tragen durften, die man ihnen doch nur gestohlen hätte, sangen sie: »WA marschiert, zwei, drei und NSB – Ahoi!« Und als sie vorüber waren, roch es nach Armut. Der Geruch nach Petroleumkocher und in Salz eingelegten Endivien aus dem Faß. Nein, dann doch lieber der Stahlhelm! Die Wehrmacht. Diesen Sommer donnerten sie regelmäßig im Sonnenschein den Olympiaweg entlang, in ihren eisenbeschlagenen, kurzen, schwarzen Kampfstiefeln, mit bloßem Oberkörper, das Handtuch keck unter die linke Achsel geklemmt. Und wie immer mit Helm. Immer vier und vier, keine zwanzig Zentimeter Abstand zur Reihe davor. Eine Kohorte. Ein Block. Und an ihren Koppeln hing natürlich das schöne lange Bajonett. Sie waren auf dem Weg zum Miranda-Schwimmbad und freuten sich darauf. Ihr mehrstimmiger Gesang echote zwischen den Häuserblocks. Ach, sie können gefallen oder einfach inzwischen gestorben sein. Aber wenn ich will, klingen mir diese Lieder noch laut und deutlich in den Ohren. »Es ist so schön, Soldat zu sein, Rosemarie.« Und das optimistische: »Denn wir fahren gegen Engelland.«

Ein grauer, aber doch warmer Tag, und ich begleite meinen Vater zum Bachsaal, wo er einen Vortrag halten wird. »Warum soviel Elend? Warum greift Gott nicht ein?« heißt das Thema. Er ist ein gefragter Redner, wird wegen seiner Bibelkenntnis bewundert, und eine ganze

Menge Leute schließen sich uns an. Auf dem Platz vor den schweren Eingangstüren wimmelt es von Menschen. Ich verabschiede mich von ihm, und ich gehe weiter durch die Beethovenstraat zum Stadionweg, wo die Familie Ansinger wohnt. Es riecht gut in ihrer großen Etagenwohnung, nach Geld nämlich, mit einer Menge Mahagoni, Kristall und lauter schönen Sachen. Mevrouw Ansinger, die aus Rumänien stammt, ist groß, dünn, übernervös und schießt dauernd wie eine Rakete, oder besser wie eine Stricknadel, durch die Räume. Wachsam, wachsam, daß auch ja alle zu ihrem Recht kommen. Meneer Ansinger, klein und breit, ist im Textilhandel. Am Revers trägt er ein silbernes Hakenkreuz, und an einem auffälligen Platz im Salon hängt der Führer. »Sieh mal«, sagt mein Vater, als ich ihm die Sache vorlege. »Wenn der Feind übermächtig und allgegenwärtig ist, kannst du zwei Dinge tun. Entweder weglaufen und dich verstecken. Oder so dicht wie möglich an ihn herankriechen. In Zeiten der Not ist vieles erlaubt.« Später dann wird die Swastika von dem gelben Judenstern verdrängt werden, aber der Hitler bleibt im Salon hängen. »Wenn sie vorbeikommen, deshalb«, sagt Meneer Ansinger und beginnt zu lachen.

Mosje Ansinger reicht mir die Hand zur Begrüßung. Er ist immer etwas förmlich, aber seine dunklen Augen hinter den runden Brillengläsern haben auf grün geschaltet, freundlich also. Sie können auch blitzen, wenn er wütend ist. In einem Zimmer sitzen ein paar Kinder, die zeichnen und lesen, aber wir laufen gleich durch in Mosjes Zimmer, wo eine große Modelleisenbahn auf ein paar Tischen aufgebaut ist. Stolz und glücklich läßt Mosje die Züge fahren, und er rangiert, daß es eine Lust ist. Dabei spüre ich ein wenig Neid, denn mein oft etwas feierlich wirkender Freund hat vor kurzem seine Bar-Mizwa gehabt, wobei er in der Obrecht-Synagoge zum ersten Mal aufgerufen wurde, eine Stelle aus der Thora zu lesen. Jetzt ist er nach dem jüdischen Gesetz volljährig, und ich kann weiter bis zu meinem Einundzwanzigsten warten. »Auf daß es schnell vorangehe mit Klal Israel!« rufe ich. »Amen, amen«, antwortet Mosje leise und legt mir eine elektrische Lokomotive in die Hand. Wie schwer die ist! »Du kannst sie behalten«, sagt Mosje, und dann darf ich einen Augenblick an das Schaltkästchen mit den kleinen Schaltern und Hebeln. Aber ich steige da nicht durch. Und besorgt überlege ich, daß das zwar eine schöne Sache ist, so eine kleine Lokomotive, aber was soll ich damit? Sorgfältig auseinandernehmen und nachschauen, was zum Vorschein kommt, ist alles, was ich tun kann. Langweilt das Spiel uns? Mich bestimmt. Wie immer. Es ist nicht echt. Armseliger Ersatz.

Im Vorderzimmer setzen wir uns auf die dicke Rükkenlehne eines riesigen Sofas und blicken durch die Gardinen nach draußen. Es hat angefangen, leise zu regnen. Mein Wetter. Und dann sind sie auf einmal da, wie vom grauen Himmel gefallen. Eine stramme Reihe Waffen-SS. Und, nein, das sind nun wirklich keine Fronttruppen, das sind Unterdrücker. Jäger. Mörder. Nicht zufällig ist der Totenschädel, der Totenkopf, ihr Symbol. Müllmänner des Wahnsinns. Ihre hohen schwarzen Stiefel haben keinen Eisenbeschlag, sondern weiche Sohlen, so daß man sie nur schleichen hört. Sie tragen schwarze Helme und eine schwarze Uniform, darüber lange schwarze Überzieher. Die werden von schwarzen Gürteln zusammengehalten, an denen, wie man an der Pistolentasche sieht, eine Luger hängt. Die Angst zieht mit ihnen. Gefahr! Und, typisch für den Moff, brechen sie direkt unter dem Fenster, das etwas offensteht, los, und mehrstimmig dröhnt es: »Die Fahne hoch, die Reihen fest geschlossen, SS marschiert mit mutig festem Schritt.« Jawohl. »Und heute gehört uns Deutschland und morgen die ganze Welt!« Hinter uns wird es plötzlich laut. Mevrouw Ansinger kommt angerannt und ruft mit ihrem scharfen rumänischen Akzent: »Vorhänge zu! Vorhänge zu!« Meneer Ansinger kommt auch und legt seinen Arm um sie, als sie anfängt zu weinen. Dann geht er langsam mit ihr aus dem Zimmer, während er ihr leise zuredet.

So. Das muß ich mir nicht länger ansehen. Hat die Mutter von Mosje irgend etwas Schreckliches gesehen?

Oder erlebt? Ich bin ausgeschlossen davon. Schnell laufe ich zur Garderobe, packe meinen Mantel, öffne die schwere Tür, renne die Treppe hinunter in den Regen, will alles vergessen. Aber noch bevor ich an der Ecke Olympiaplatz bin, hat Mosje mich eingeholt. Er packt mich an der Schulter und flüstert: »Kann ich bei euch untertauchen? Kann ich bei euch untertauchen?« Ich bin sprachlos, und Mosje dreht sich um und rennt zurück nach Hause. Aber von weitem ruft er mir noch einmal zu. »Nicht vergessen!« Mosje vergessen? Und mir wird klar, daß ich von nun an nicht schuldlos bin, denn ich bin einbezogen. Beim Abendessen erzähle ich meinem Vater von dem Lied, mit dem die SS durch die Straße gezogen ist. Er wundert sich. Das war das Marschlied der Braunhemden. Der SA. Die hatte so ihre eigenen Vorstellungen, nach denen Hitler verschwinden sollte. Das war das Signal für die Nacht der langen Messer. Die gesamte SA-Führung auf einmal wurde ermordet. Von der SS. Wir sind einen Augenblick still. Aber ich schweige über die Bitte von Mosje Ansinger. Und werde weiterhin schweigen. Ich kann die Bitte nicht aussprechen und bin entsetzt über mich selbst.

Die Schwestern Voogel wohnen in der obersten Etage eines Hauses am Koninginneweg, und mitten im Fliegeralarm, für mich der reinste Glücksfall, klingele ich bei ihnen. Die jüngere Schwester ist eine ganz Liebe, die bei uns manchmal auf dem Klavier spielt, und das gefällt sogar meinem vierjährigen Bruder Faber, der dann prompt anfängt, Sachen durch die Gegend zu werfen. Darum nennen wir sie auch Tante Mien. Die andere ist ein Ekel und bleibt für uns unerschütterlich Juffrouw Voogel. Zu unserer Genugtuung erstickt sie dann fast vor unterdrückter Wut, was wir daran erkennen, daß sie ihr künstliches Gebiß im Mund kreisen läßt, wodurch sich immer abwechselnd eine Wange wölbt. Ich werde freundlich mit einem Glas Limonade empfangen, behalte aber meine Jacke an, nehme mir eine amerikanische Vorkriegszeitschrift von dem hohen Stapel, setze mich an den Tisch und blättere darin. Dann gehe ich ein bißchen in der Wohnung herum, während Tante Mien weiterstrickt und Juffrouw Voogel Zeitung liest. Schließlich bin ich bei den hinteren Fenstern und sehe, daß sie sich ganz öffnen lassen und daß sie auf ein riesiges Flachdach mit vielen Schornsteinen gehen. Wunderbar. Hinter denen kann Mosje sich bei einer Razzia verstecken. Und dann frage ich. Ob sie einen jüdischen Freund von mir, der schon dreizehn Jahre alt ist, bei sich untertauchen lassen wollen. Ich hätte genausogut eine Handgranate werfen können. Juffrouw Voogel springt aus ihrem Stuhl auf und fängt an zu schreien. Was schreit sie? Versuche mal, jemanden mit einem im Mund kreisenden Gebiß zu verstehen. Federleicht bin ich auf einmal und renne davon. Ich habe

Mosje nicht im Stich gelassen. An der Treppe steht Tante Mien. Sie faßt mich einen Augenblick am Arm, streicht mir durch die Haare. »Du bist ein wahrer Freund!«

Draußen renne ich oben auf der Gartenmauer von Doktor La Chapelle entlang, der Sandsäcke vor den Fenstern des Wartezimmers im Souterrain hat anbringen lassen. Fährt die Linie 2 nicht? Jetzt hindert mich nichts mehr, Mosje wieder zu besuchen. Es dauert nur etwas.

Mein Vater ist davon überzeugt, daß der Moff bald auch den Kaukasus erobern wird. Wir gehen durch die Kalverstraat und holen bei Merkelbach, die technisches Spielzeug anbieten, einen Katalog für elektrische Eisenbahnen. »Und die Karpaten? Welche Truppen werden die Karpaten einnehmen?« frage ich. »Soldaten, deren Kräfte noch unverbraucht sind«, vermutet mein Vater. »Gut ausgeruht. Noch nicht vom Fleisch gefallen. Alpenjäger.« Die kenne ich von den Fotos in *Signal,* dem NSB-Blatt. Sie benutzen kleine Kanonen, die auf Schlitten und Rädern stehen, so daß man sie über die Felsen ziehen kann. Nach dem, was wir später in der Zeitung lesen, hatte mein Vater wieder einmal recht.

Die Auslagen in den Schaufenstern bekommen ein anderes Aussehen. Immer mehr Ersatz, Nepp und Imitation in unscheinbaren Verpackungen. Dazu wäre allerdings kein Krieg nötig gewesen. Das hätte auch einfach so im zwanzigsten Jahrhundert passieren können. Wo sind die guten Mundwässer geblieben? Das weißglasierte steinerne Fläschchen Parodontax oder das in spiegelndes Glas verpackte Vademecum, das sogar vom schwedischen König benutzt wird. Vier, fünf Tropfen in ein Glas Wasser, und das Ergebnis ist ein herrlich frischer Mund zur Morgenstund. Und auf einmal aus den Regalen der Drogerien verschwunden. Wie ist das möglich? Sieh dir ruhig mal an, was eine Marke wie Odol zu bieten hat, die sich mit immer größeren Verpackungen in den Geschäften breitmacht. Nicht zufällig werden die immer größer, denn inzwischen braucht man an die fünfundzwanzig Tropfen, und trotzdem bleibt einem ein Geschmack von ausgewrungenen Waschlappen im Mund zurück. Und was mag wohl ärger sein? Daß man trotz Mangel an Grundstoffen etwas herstellt, was immerhin an die wirkliche Sache erinnert? Oder daß man ein Produkt dem Zaster zuliebe einfach ganz bis zur Unkenntlichkeit verändert? Schon am nächsten Tag bin ich bei Mosje, um ihm das Heft mit den Modellen von elektrischen Eisenbahnen zu bringen, aber ich fühle mich nicht wohl dort. Bisher hatten sie es noch aufgeschoben, aber jetzt tragen auch sie den Stern. Das ist mir peinlich. Warum ich nicht, aber sie? Und auf dem Tisch, an dem wir sitzen, stehen keine Süßigkeiten, nichts zu trinken. »Mein Papi hat gestern einen Verwalter ins Geschäft gekriegt«, flüstert Mosje mir zu. Und das Wort kenne ich. Dann ist Meneer Ansinger nicht mehr Chef in seinem Laden in der Vijzelstraat. Ich blicke nach draußen und sehe, daß ein Regenschauer kommt, springe auf und laufe davon. Aber oben an der steilen Steintreppe holt Mosje mich ein. »Was für ein Instrument spielst du eigentlich?« Ich suche etwas Einfaches aus. »Blockflöte.« Sein Lachen begleitet mich die Steintreppe hinab.

Johan Hiegentlich ist ein Nervenbündel. Schon wenn Zugluft eine Tür zuschlagen läßt, fährt er zusammen. Auch ist er schrecklich zerstreut. So läuft er manchmal mit gesenktem Kopf vor sich hin murmelnd durchs Haus und hält einen Kessel oder ein Teil vom Staubsauger in der Hand. Und meine Mutter ruft ihm nach: »Johan, könntest du den Pfeifkessel wohl zurückbringen?« »Meschuggener!« sagen wir dann, und Johan lacht verlegen. Er haust jetzt in meinem alten Zimmer, und ich würde ihn gern fragen, ob er da nachts dieselben aufregenden Dinge erlebt wie ich früher. Das leise, melodische Summen von Maschinen zwischen den Wänden, die irgendwie Kontakt zu den beiden riesigen Heizkesseln unten im Keller haben. Wirklich nur für Zentralheizung und Heißwasser? Oder daß irgendwas oder irgendwer anfängt, die Stühle im Zimmer bis an die Decke zu stapeln. Mir macht das keine Angst, denn sobald das erste Licht wieder durch die Spalten der Vorhänge fällt, stehen die Möbel fein säuberlich am alten Platz. Aber vielleicht findet er mich dann meschugge. Deshalb habe ich nichts davon gesagt, und am Ende war es zu spät.

Johan studierte Jura und Philosophie an der Vrije Universiteit, aber es war sicherer für ihn, die Vorlesungen nicht mehr zu besuchen. Sein Freund Leen van der Burg versorgte ihn mit Material, so daß er seine Studien fortsetzen konnte. Weil er sonst niemanden hatte, unterhielt er sich mit mir darüber. Fasziniert war er vor allem von Rechtsphilosophie, allerdings nicht dazu angeregt von Professor van Vollenhoven. Johan hatte vielmehr die Vorlesungen von dessen Schwager Dooyeweerd besucht. Bekannte Namen für mich, denn auf meinen Streifzügen durch die Stadt waren mir ihre Namensschilder schon aufgefallen. Van Vollenhoven wohnte jedenfalls in einer Villa an der Apollolaan, direkt neben dem Konservatorium, in das ich manchmal, angelockt von den Tönen, hineinging, um Altistinnen und Sopranistinnen üben zu hören. Auch las Johan mir aus dem Buch eines gewissen Waterink vor, eines Psychologen oder so, aber da konnte ich doch nicht ganz folgen. Sehr viel mehr fesselte mich der Inhalt der beiden verschlossenen Kabinenkoffer, und es hätte mich nicht gewundert, wenn darin die vier Jahreszeiten eingeschlossen gewesen wären, die, einmal losgelassen, unser Viertel in einen Eispalast verwandelt hätten. Unterdessen hatten wir es gar nicht einmal ungemütlich, wenn wir im Sonnenschein bei offener Balkontür auf unseren Kissen saßen und Obst aßen, durch die steinerne Balustrade vor den Blicken der Bewohner von gegenüber geschützt.

»Möglich ist es noch«, teilt mein Vater Johan beim Essen mit. »Aber du kommst hinten herum rein, und du gehst immer hinten herum weg.« Wir haben nämlich den Schlüssel für eine der Türen von Moria, des kleinen Saals unter unserer Wohnung, wo Chorproben stattfinden, Kindergottesdienst gehalten wird und ein Mandolinenorchester probt. »An der Rückwand, neben dem Rednerpult, ist noch einmal eine Tür, dann ein Hof, ein hohes Tor, und schon stehst du auf dem Bürgersteig von der Olympiakade. Wenn du diesen Weg nimmst, ist schwer festzustellen, woher du kommst.« Und Johan ging einige Male wieder auf die Straße. Ich habe ihn dabei beobachtet, und er hatte offenbar keine Ahnung, wie sehr er auffiel. Guck mal, da geht ein Sohn des Alten Volkes. Krampfhaft hielt er eine Aktentasche vor den Stern, hatte den Hut ins Gesicht gedrückt und bewegte sich eng an den Hauswänden entlang. Beim Essen, mein Vater war nicht dabei, beschrieb ich das Bild, das er in der Johannes Vermeerstraat abgegeben hatte. Was sollte ich sonst tun, um Johan zu warnen, daß er zu sehr auffiel, wie er sich fortbewegte? Meine Mutter fackelte nicht lange. »Du lernst jetzt, mitten auf dem Bürgersteig zu gehen, natürlich nur, solange du dich nicht schnell in einem Hauseingang verstecken mußt. Setz deinen Hut gerade auf und hebe beim Gehen den Kopf. Übrigens siehst du dann auch mehr.«

Hatte dies alles einen Sinn? Was soll Sinn schon heißen? Die Universität war inzwischen für Juden verboten. Darum verlegte Johan sich mehr auf seine eigenen Kreise und suchte zionistische Persönlichkeiten wie Nordheim und van Amerongen auf, denen er Überlegungen zum Ausbau des jüdisch-nationalen Zuhauses, Israels also, vorlegte. Während des Abendessens erzählte er begeistert davon. Beim Abwaschen sagte meine Mutter, wie froh sie sei, daß Johan jetzt eine Reckstange habe. Denn an einem Reck, nicht wahr, daran kann man sich nicht nur festhalten, sondern auch hochziehen, wie es beim Lesen der Psalmen geschieht. Und einmal, wahrscheinlich, um einen respektablen Eindruck zu machen, nahm er mich zu einem imposanten Gebäude am Kloveniersburgwal mit. Oder war es die Lijnbaansgracht? Dort arbeitete bis ganz zum Schluß das jüdische Flüchtlingskomitee, das sich um die vielen tausend Menschen, unter anderem aus Deutschland, kümmerte und ihnen weiterhalf, oft gegen die behördlichen Anordnungen. Eine unglaubliche Arbeit, eine grandiose Leistung. Die größte jüdische karitative Stiftung des Kontinents, die aus dem Nichts entstand und aus dem Nichts – nämlich aus Spenden – bestehenblieb.

Aus einer unauffälligen Ecke der Bibliothek meines Vaters zog ich zwei Bücher hervor und brachte sie in einem meiner Geheimverstecke in Sicherheit. Danach meldete ich meinem Vater den Diebstahl. Gemeinsam begutachteten wir meinen neuen Besitz. Das eine Buch war von einem gewissen Albert Helman geschrieben und hieß »Millionenleid«. Es handelte von der jüdischen Hilfsorganisation für deutsche Flüchtlinge und war 1940, wahrscheinlich unmittelbar vor dem Einfall der Moffen, von Van Lochem Slaterus herausgebracht worden. Das andere war eine Reportage von M. Sluyser über die Juden in Polen und war 1932 bei De Arbeiderspers erschienen. »Juden in Not« lautete der Titel, und das Vorwort von Henri Polak, dem führenden Sozialdemokraten, ruft zur Unterstützung des Aufbaufonds für Palästina auf. Ein erschreckender Bericht über polnische Regierungen, die mit ihren Jesuitenschädeln – denn einmal Rom, immer Rom – ununterbrochen Gesetze und Bestimmungen gegen die Juden erlassen. Die Judenheit dort sollte keinen einzigen Zloty verdienen. Der Begriff *Luftmensch* ist doch in Polen entstanden! Mein Vater schiebt die beiden Bücher wieder über den Schreibtisch zu mir herüber. »Hüte sie dein ganzes Leben lang«, sagt er. Und daran habe ich mich gehalten.

In einem Zimmer, groß wie ein Saal, sitzen ein paar Herren und eine Juffrouw, die schreibt. Durch die hohen Fenster fällt unheilverkündendes Licht, als hinge ein Unwetter über der Stadt. Wir setzen uns, und Johan beginnt mit seiner Darlegung. Schon bald fahren seine Hände durch die Luft, als wollte er fliegen, und ich höre Wörter wie »Palästina«, »die Politik« und »Zionismus«, während ich mich verwundere, daß alle Anwesenden einen Stern tragen. Das habe ich nie verstanden. Jeder tut, als wäre es völlig normal. Aber Menschen sind doch keine Maggiwürfel, alle mit demselben Markenzeichen! Ich muß über die Vorstellung lachen. Kurz darauf ist Johan im Besitz einer Sperre, dem Nachweis, daß er in eine Liste aufgenommen ist, von der es heißt, daß sie vorläufig nicht *platzen* wird. Stolz zeigt er mir das Papier. Eine schmuddelige Vervielfältigung mit einer gestempelten Unterschrift und dem Stempel des Judenrates, dem er jetzt als Funktionär angehört. Zu Hause höre ich, wie er meinem Vater erzählt, daß er dafür zwar keine Vergütung bekommt, umgekehrt aber auch keine Arbeit von ihm erwartet wird. Und nun ist er vorläufig sicher. »Doch lieber gut aufpassen und immer rechtzeitig die Beine in die Hand nehmen«, sagt mein Vater. Er mißtraut den Deutschen und ihren Bestimmungen grundsätzlich.

Als Dank dafür, daß ich ihn bei seinem erfolgreichen Gang zum Judenrat begleitet habe, bekam ich von Johan ein meterdickes Buch geschenkt. »Willem Roorda«. Und Willem selbst war auch auf dem Einband zu sehen. Ein blonder Kerl, mit Tropenhelm, karierter Försterjacke und dem Aussehen eines Ariers. Und vor sich hielt er sein Ein und Alles, ein riesiges Elefantengewehr. So groß, daß Kolben und Lauf nicht ganz auf den Umschlag paßten. Und Roorda wußte, was er tat. Er sorgte für Ordnung. Am Horizont und am Firmament donnerten die Schüsse, die die Dickhäuter fällten, und durch die Kaffernkrale pfiffen faustgroße Kugeln, die den faulen Kerlen eins draufgaben. Eigenartig, beim Lesen hörte ich dauernd das Geräusch eisenbeschlagener Kampfstiefel. Die Geschichte ist denn auch völlig vergessen, bis auf ein Detail: Am Lagerfeuer wurde rohes, bluttriefendes Fleisch gegessen. Als ob die Schrift nicht sagt, daß die Seele im Blut ist. Und das gilt für die Tiere des Feldes ebenso wie für die Menschen.

Schneit es? Ganz wenig, aber es reicht, um in die richtige Stimmung zu kommen, wieder einmal meinen Freund Mosje zu besuchen. Freundschaft ist wie eine Kerze, die man am Brennen halten muß. Sonst ist sie einfach nur eine Kerze. Es ist kalt und grau, aber man hört das vertraute Motorengeräusch der Flugzeuge. Die Bewölkung entzieht sie der Sicht. Der Fliegeralarm bleibt aus, und die Flak schweigt. Bei der Polizeiwache am Stadionweg steht ein Trupp Wehrmachtssoldaten, die Instruktionen von einem Mann in langem schwarzem Ledermantel erhalten. SD. Das wird also keine Razzia, sondern eine gezielte Aktion gegen den Untergrund. Oder eine Vergeltungsmaßnahme. Und vielleicht wird es wieder wie immer. Dann sitzen wir um den riesigen Mahagonitisch, und Meneer Ansinger führt Zaubertricks vor. Das war immer eine urkomische Sache, bei der wir uns kaputtlachten, Meneer Ansinger voran, denn niemals haben wir es erlebt, daß auch nur ein einziger Zaubertrick gelang. Und natürlich lachte auch die Dame, die bei ihnen wohnte und wahrscheinlich die Schwester von Mevrouw Ansinger war, denn beide hatten sie dieses Steife an sich. Sie war eine gläubige Frau, man merkte es daran, daß sie einen *Scheitel* trug. Und manchmal – ich denke, bei einem bestimmten Lichteinfall oder etwas anderem, das nicht greifbar ist, aber irgendwo herumschwebt – legte sie die Hände flach auf den Tisch und fing an zu singen. Und diese Stimme entführte mich, sie versetzte mich in das Leben der Judenheit in Osteuropa. Alles, aber auch alles war darin zu hören, von der Stimme des Chazzan bis zum Schlurfen der Filzstiefel auf einem hölzernen Bürgersteig im Schtetl. Und ich wußte, wie immer mein Leben auch verlaufen würde, so würde ich es nie wieder hören.

Ich renne die Treppe hinauf, strecke die Hand nach der Klingel aus und sehe dann, daß das fröhliche, nämlich immer glänzende Messingschild mit dem etwas schroffen »Ansinger« verschwunden und durch ein Emailleschild ersetzt ist, auf dem ein nichtssagender Name steht. Ich erschrecke zu Tode, renne wieder hinunter, suche den Riß in der linken Ecke der untersten Stufe und, ja, jetzt weiß ich mit Sicherheit, daß ich hier richtig bin. Dies ist die Treppe und da die Haustür meines Freundes Mosje. Sofort rase ich die Treppe wieder hinauf und klingele, ohne nachzudenken. Eine beleibte Frau in verschmierter Latzhose öffnet. »Ich möchte zu Mosje, meinem Freund. Mosje Ansinger.« Die Frau schüttelt den Kopf. »Der wohnt hier nicht.« Aber durch die offene Tür sehe ich das schöne, mit Perlmuttintarsien verzierte Tischchen und darauf die Lampe mit dem Schirm, der wie eine Muschel aussieht, und daneben den echten Troubadoursessel, den Mosje und ich auf den Balkon zu dem hoch angebrachten Fliegenschrank schleppten, um einen Apfel oder eine Banane zu stibitzen. In aller Offenheit. »Was ist da los?« höre ich eine Männerstimme hinten in der Wohnung rufen. Die Frau ruft zurück, wobei sie mich die ganze Zeit anstarrt. »Ein kleiner Junge, der nach der Familie Ansinger fragt!« – »Er soll sich zum Teufel scheren!« Was für eine grobe Stimme der Mann hat. Die Tür fliegt zu.

Von der anderen Straßenseite schaue ich noch einmal zu den Fenstern. Da hängen noch immer die schweren

Gardinen, und ich höre Mosje wieder sagen, daß er immer am Lavendelfläschchen riecht, »denn dann werde ich ganz ruhig«. Wegstecken, denke ich. Wegschieben. Wie bitte, Familie Ansinger? Nie gekannt. Genauso wie Meneer Vijg, der auch von einem Tag auf den anderen verschwunden war. Die Soldaten vor der Polizeiwache sind fort, doch die drei Lastwagen der Wehrmacht stehen noch da. Sind die jüdischen Menschen, die meinen Namen kennen, etwa dazu verurteilt, sich in Luft aufzulösen? Dann muß ich sie zu ihrer eigenen Sicherheit aus mir verbannen. Am Grünstreifen mit dem obligatorischen Rosenbeet übergebe ich mich kurz, aber dann, beim Nachhausegehen, weine ich nicht mehr.

Was steckt bloß in den Kabinenkoffern von Johan, der in aufgeräumter Stimmung ist, seitdem er ein Mädchen kennengelernt hat, die er »meine Juffrouw« nennt? Aber inzwischen ist auch sie untergetaucht, und Leen und ich sorgen als Postillon d'amour dafür, daß der Kontakt im Gange bleibt. Neuerdings darf Johan nämlich nicht mehr nach draußen. Das liegt an dem Feuerwehrmann aus einer Erdgeschoßwohnung schräg gegenüber, der es mit dem Besatzer hält. Hinter seinem Rücken lacht man über ihn, denn er trägt auch in seiner Freizeit Uniform, und wenn er für seine unscheinbare Frau Besorgungen macht, setzt er auch noch den Helm auf. Seit einiger Zeit sehen wir, wie er hinter den Gardinen steht und nach oben schaut, genau dahin, wo hinter der Brüstung Johans Zimmer liegt. Und es gibt noch einen, der sich Geld dazuverdienen möchte, denn ein angezeigter Jude bringt immerhin sieben Gulden fünfzig ein. Das ist ein schmuddeliger Mann mit widerlicher Visage und dreckiger Mütze auf dem Schädel. Der stellt sich in die Eingangsnische zum Moriasaal oder auf die andere Straßenseite, wo er im vertrockneten Grünzeug der Pflanzenkübel vor der Schule herumstochert, als wäre da etwas zu finden. Manchmal steht er auch unterm Vordach der alten Drogerie, wo jetzt die strenggläubige Familie van der Weiden wohnt, und starrt dabei dauernd zu unserer Haustür. Zu Hause wird das Regiment straffer. Die Tür auf dem Flur, hinter der die Treppe zu Johans Raum führt, wird abgeschlossen. Wenn die Leute vom SD kommen, müssen sie erst mal die Tür aufbrechen, und inzwischen hat Johan Zeit, aufs Dach zu klettern und von da aus durch eine unauffällige Luke im Abstellraum zwischen Rohren und Hähnen des Warmwasserspeichers und einem Stapel Dachpfannen zu verschwinden. Da macht er es sich dann gleich mit einer Dynamotaschenlampe und ein paar Büchern gemütlich. Beim Abendessen sagt Mutter, sie dulde nicht, daß sich Angst im Hause breitmacht. Wir bleiben wachsam, lassen uns aber die Laune nicht verderben. Und unterdessen bringe ich Johans Briefe regelmäßig zu seiner Juffrouw in die Plantage. Ich mag diese Straße und die Gegend, die mich an Vorkriegsillustrierte mit Fotos von Städten auf dem Balkan erinnert. Die Bäume an den breiten Straßen, die Häuserreihen und Wohnblocks, die eine ganz eigene Atmosphäre ausstrahlen. Natürlich ist genau da auch die Hollandsche Schouwburg, der Sammelplatz für Juden vor ihrem Transport nach Westerbork, aber Artis, der Tierpark, liegt schräg gegenüber, und wenn man an dem endlosen Zaun entlanggeht, hört man die Tiere. Und das wiederum gefällt mir nicht. Wie kann ich dem Geblöke, dem Brüllen und Schmettern nachhorchen, wenn gleichzeitig Menschen mit ihrem Gepäck ankommen oder aus Lastwagen geladen werden, um hinter den Toren der Schouwburg zu verschwinden? Und wie zur Strafe stelle ich mir vor, mitzulaufen und mitzuschauen. Und was sehe ich dann? Ein graues Loch. Es führt nach Westerbork, und weiter? »Nach Osten«, sagt mein Vater. Jawohl. Und dann? »Wollen wir das wissen?« fragt mein Vater sich laut. Irgendwo im Haus singt meine Mutter. »Kommt, Kinder, laßt uns gehen, der Abend kommt herbei«, was gar nicht stimmt. Ich sitze am runden Tisch im Arbeitszimmer und habe vor mir einen Teller mit den letzten kleinen Stücken Quarkbrot. Zum Kotzen. Fast muß ich mich wirklich übergeben. Oft schon habe ich meine Mutter händeringend gebeten, mich mit dieser Scheußlichkeit zu verschonen, aber sie denkt nicht daran,

Quark ist ja so gesund. Kein Problem mehr, denn mein treuer Kumpel vor den Fenstern erlöste mich. Ruhig warte ich, bis mein Vater seinen Stuhl zurückschiebt, aufsteht, noch einmal seine Arbeit auf dem Schreibtisch ansieht, ganz in Gedanken zum Fenster geht und es öffnet, und auf dieses Geräusch hin flattert ein Schwarm Möwen auf. Sie wissen es! Und dann werfe ich die Brotstücke mit diesem schrecklichen Quark eins nach dem andern nach draußen, wo die Möwen aufeinanderprallen, als sie danach haschen. Und ich suche die eine, die Große, Graue, eine völlig verdreckte Möwe, die doch tatsächlich etwas wie ein Hakenkreuz auf der Brust hat.

Die grün lackierte Tür in der Plantage fühlt sich hart wie Eisen an, und ich klingele zweimal kurz und einmal etwas länger. Und dann kann ich mich erst mal in Ruhe auf die massive Stufe setzen, denn es dauert seine Zeit, bis aufgemacht wird. Einen Spalt. Die Tür macht dabei kein Geräusch, aber ich spüre es im Rücken. Ein kühler Luftstrom, mit einem Duft von Dill und Kerbel. Und auch von Ostbaumgarten. Der Garten Gethsemane, so wie ich mir vorstelle, daß dieser Garten riecht. Ich niese dann immer. Und als ich mich umdrehe, erscheint auf einmal der Kopf von Johans Juffrouw im Türspalt. Und sie ist wunderschön. Ihr Gesicht ist nicht rot oder weiß, es ist leicht getönt, ohne eigentlich getönt zu sein. Und ihre dunklen Augen mit den schweren Augenlidern sind so hinreißend, daß man sie nie wieder vergißt, denn es liegt so viel darin. Wehmut. So alt auch. Eine tragische Art von Spott. Ich stelle mir auch vor, daß sie ganz schön witzig sein kann. Und dieses Haar, pechschwarz, das ihr mit einer natürlichen Welle über die eine Schulter fällt. Eine Casula! Natürlich weiß ich, daß das die Arbeitskleidung eines Pfarrers ist, ein Meßgewand, aber ich kann es nicht anders beschreiben. Behutsam stecke ich Johans Brief durch den Spalt, und gleich darauf kommt aus dem Spalt ein Briefumschlag zum Vorschein, den ich nehme und demonstrativ sorgfältig in meine Tasche verstaue. Und nun geht die Tür wieder, ohne Geräusch. Zu. Und niemals wurde ein Wort oder auch nur ein Gruß gewechselt. Nirgends auch nur so etwas wie ein Name. Ein anonymes Versteck, in dem einer anwesend und zugleich nicht anwesend ist. Und am Ende wird Johans Juffrouw doch noch verhaftet. Mein Vater ist dem sofort nachgegangen, war aber zu spät. Sie kam gar nicht erst in die Schouwburg, sondern direkt nach Westerbork und von dort auf Transport. Johan ist in einem beklagenswerten Zustand. Er liegt eine Woche lang in seinem Bett und will nicht essen oder trinken. An einem Abend schleiche ich mich im Dunkeln zu ihm nach oben und öffne leise die Tür. Johan liegt auf dem Bauch im Bett, und nur die kleine Nachtlampe, die ich allzugut kenne, brennt. Vorsichtig setze ich mich auf die Bettkante und tippe ihm auf den Rücken. Erschreckt blickt er auf, und ich sage, daß er nicht traurig sein soll. Daß seine Juffrouw viel zu schön für diese Welt ist. Aber daß irgendwann alles wieder okay sein wird. Nur eben nicht hier. Aber das letzte denke ich nur. Ob es ihm geholfen hat? Am nächsten Abend sitzt Johan wieder am Tisch, auch wenn er noch eine Zeitlang schweigsam ist.

Ich lebe im Schatten meines baumlangen Vaters, aber manchmal stehle ich mich auch davon, hinein in einen sonnigen Nachmittag ohne Fliegeralarm. Mit den Nachbarjungen weiter hinten aus unserem Block, den Söhnen von Metzger Roelofzen, bin ich zum Olympia-Stadion unterwegs. Roelofzen selbst steht derartig auf der verkehrten Seite, daß seine Söhne, holländische Jungens schließlich, Mitglied der HJ, der deutschen Hitler-Jugend, werden durften. Und man muß sagen, sie sehen fesch aus in ihren Uniformen. Sie tragen halbhohe, schwere rindslederne Stiefel mit Eisenbeschlag, und ihre Kniestrümpfe haben sie vorschriftsmäßig über die Stiefelschäfte gekrempelt. Kurze, schwarze Hosen, das braune Hemd voller glänzender Abzeichen und am linken Ärmel ein breites Band: rotes Hakenkreuz auf weißem Feld. Und natürlich der Dolch am Koppel, ein Prachtstück, und auf dem Stahlgriff wieder ein Hakenkreuz. Sie sind etwas älter als ich, unterhalten sich aber gern mit mir, denn sonst redet keiner mit ihnen. Meistens erzählen sie dann von ihrer HJ-Ausbildung. Viel marschieren und mit der Fog 3 schießen, einem Leichtmaschinengewehr, und mit der Panzerfaust. Auf dem Weg zum Stadion will ich auch ein paar Sachen beisteuern. Also los! Ich nenne einen Namen. Julius Streicher. Sagt ihnen nichts. Eigentlich sagt ihnen nichts was, und ich finde sie einfach dämlich. Als wir über die Fronten reden, plappern sie nur die Propaganda nach. Das Stadion ist voller Wehrmacht, rund um einen Boxring, aber zuerst besuchen wir eine der beiden Feldküchen und holen Näpfe mit etwas, das nach Hackfleisch schmeckt. Vorzüglich. Dem Moff fehlt es an nichts. Sie sollten mal eine Woche lang die Suppe aus der holländischen Garküche probieren. Die wird langsam dünner und dünner und beginnt zu stinken. Zum Glück brauchen wir das zu Hause noch nicht in Anspruch zu nehmen. Die Bekannten meiner Eltern schleppen was an! Zum Beispiel vor kurzem noch Meneer Schadee in seiner schönen Uniform mit weißen Tressen. Offizier der Marechaussee oder so was. Und die Innenseite seiner Ballonhose aus Leder, als käme er zu Pferde, dabei fuhr er doch im Beiwagen eines Motorrads mit SS-Kennzeichen. Und bevor er sich mit meinem Vater ins Arbeitszimmer zurückzog, schleifte er zwei bleischwere Säcke die Treppe herauf und stellte sie in die Küche. Ein großes Päckchen Landbutter und Honig in Holzgefäßen. Feines Mehl, Roggen, um Brei daraus zu machen. Eingemachtes Obst und Gemüse. Zucker. Im Arbeitszimmer legt Meneer Schadee meinem Vater Fragen zur Heiligen Schrift vor, wie die, ob man der Obrigkeit dienen müsse. Kein Problem. Solche Fragen handelt mein Vater mal nebenher beim Abendessen ab.

Aber jetzt geht es im Stadion los! Der Gong ertönt, und die Soldaten sammeln sich um den Boxring und setzen sich auf schmale Balken, die über Böcke gelegt sind. Auch die Söhne von Roelofzen drängeln sich zwischen das Feldgrau, während ich lieber an einem Torpfosten lehne. In einer Ecke des Rings steht, wenn ich es recht verstanden habe, ein Rotterdamer Boxer, aber die deutsche Stimme im Lautsprecher verhaspelte sich bei dem Namen. Der Vorname hat in meiner Erinnerung etwas Mädchenhaftes. Und dieser Boxer soll es nacheinander mit zwei Wehrmachtchampions aufnehmen. Kann er das? Eine wettergegerbte, flachshaarige Erscheinung, in viel zu langen kurzen Hosen, die aussehen, als hätten sie früher mal zu einem Schlafanzug gehört. Er unterhält sich mit einem dicken Mann, der sein Betreuer sein muß, offenbar sind die beiden bester Laune. Und dann entdecke ich das, was möglicherweise seine Geheimwaffe ist: Dieser Boxer hat enorm lange Arme, und seine Boxhandschuhe wirken abartig groß. Ob da Hufeisen drin stekken? Auf der Gegenseite schwingt sich ein gut gebräuntes Schwergewicht über die Seile, geht in Positur und läßt ein paar kurze Stöße in die Luft wirbeln. Sein »Wuff! Wuff! Wuff!«, das er dabei ausstößt, ist deutlich zu hören. Der Gong geht, und die Boxer treffen sich einmal in der Mitte, wobei der Rotterdamer sich nicht die Mühe macht, den anderen anzusehen. Dann geht jeder wieder in seine Ecke, wo der Betreuer des Rotterdamers sich inzwischen eine Zigarette angesteckt hat. Wieder geht der Gong, und während der Moff in seiner knappen schwarzen Hose, weiße Adler auf den Hosenbeinen, mit seinen Fäusten Pumpbewegungen macht, schlendert der Rotterdamer gleichgültig auf ihn zu, dreht den Oberkörper so weit wie möglich nach links und schwingt dem Moff dann seinen linken Handschuh mit aller Kraft genau ins Gesicht. Jawohl. Man hört und spürt diesen dumpfen Schlag: Puff. Und langsam, als müsse er noch darüber nachdenken, geht der Moff erst mal in die Knie und dann auf die Hände. Und so, in dieser Lage, wird er ausgezählt. Der Rotterdamer ist inzwischen in seine Ecke zurückgegangen und nimmt das Gespräch mit seinem Betreuer wieder auf. Er setzt sich nicht einmal hin.

Und es beginnt der zweite Kampf eines Mannes, der bereits einen überstanden hat. Dasselbe Ritual. Ein sonnengebräunter Moff springt geschmeidig über die Seile, und dumm ist er nicht. Er bringt schon von vornherein beide Hände vors Gesicht, während er geschmeidig hin und her federt. Und wieder der schlendernde Gang dieses

Rotterdamers zu seinem Gegner. Lacht er? Und dann geschieht es, Wunder über Wunder. Noch bevor der Gong für die erste Runde wieder geht, schwingt der Rotterdamer die Arme zurück und rammt dem anderen seine Boxhandschuhe in einem einzigen Schlag in den Magen, die Milz und die Leber. Und ab geht's. Ebenfalls in die Knie, dann vornüber, bis eine Wange auf der Matte ruht. Und kein Wort des Protests aus dem Stadion. Nur ein einziger Block aus Stille. Jetzt greifen die Organisatoren ein, und da erklingt aus den Lautsprechern schon ein altmodischer Walzer, und ein luftiger Schwarm junger Frauen in schwarzen Röckchen und weißen Blüschen hopst in den Ring und läßt bunte Reifen mit Bändern wirbeln. Ich drehe mich um und gehe weg. Beim Eingang unter dem Turm schaue ich noch einmal zurück. *Deutschland erwache?* Die können mich mal.

Wir besuchen nicht dieselbe Schule, aber ich kenne sie von der Valeriusterrasse, wo wir zusammen spielen und von wo wir auf den ummauerten Innenhof des Amsterdams Lyceum hinabblicken können, der den Moffen jetzt als Stellplatz für den Fuhrpark und ein paar Feldküchen dient. Roza Taitelbaum, die Soesje genannt wird. Ihr kurzgeschnittenes Haar, ein dicker wilder Schopf, ist schwarz und voller Löckchen. Aber diese Fröhlichkeit setzt sich nicht in ihrem Gesichtchen fort, das immer ernst ist. Und dann ist da dieser aus der Ferne kommende, ins Heute schauende Blick. Graue Augen. Einmal durfte ich in ihre Schultasche sehen. Sie liest Kant und Schopenhauer. Ein gescheites Mädel. Sie gefällt mir. Andrerseits, wer in Gefahr ist, wird oft besonders empfindlich und greift dann vielleicht zu schweren Büchern. Sie ruft mich, und ich biete ihr eine Frujetta an. Sie lehnt ab. Ob sie koscher lebt? Und dann fragt sie, ob ich morgen nachmittag mit ihr spazierengehen will. Wieso? Hat sie etwas auf dem Herzen?

Mir ist, als hätte in Scheveningen, wo der Großteil der Familie wohnt, vor dem Krieg immer die Sonne geschienen. Hier in Amsterdam aber ist es meist grau, manchmal trübe, und zwischen den Häusern liegt eine Atmosphäre von Armut und Mißtrauen. Abends bleiben die Schaufenster jetzt oft unbeleuchtet, und die Straßen werden immer schmutziger. Am Van-Heutz-Denkmal werfen die Fontänen in großen Bögen Wasser ins Bassin. Eine Frau mit einem dreijährigen Kerlchen läßt ein Segelboot darin schwimmen. Es schafft es keinen Meter weit. Soesje kommt angerannt und gibt mir etwas, das in Papier eingewickelt ist. Einen Ingwerkuchen, den ich in der Mitte durchbreche, und wir essen ihn, während wir durch den Parnassusweg zur Stadionkade gehen, wo eine Notbrücke mit Holzbohlen über den Südlichen Amstelkanal gelegt ist. Dahinter beginnt die Dünenlandschaft, das Sandland. Nach dem Krieg wird hier der Stadtteil Buitenveldert entstehen. Jetzt gibt es nur Sand, niedrige Dünen, Mulden, geheime Plätze, zwischen denen Entwässerungsrohre laufen, und in der Ferne einen Mann mit seinem Hund. Bestimmt hat der es auf Kinder abgesehen, meint Soesje, aber das glaube ich nicht, denn so einer würde sich durch seinen Vierbeiner verraten. Die Mulde, in der wir stehen, gefällt uns nicht, und wir laufen zum Wanderweg weiter, der an kleinen Gräben, Holzschuppen, Tennisplätzen und üppigem Grün entlangführt. Hier mag ich vor allem die Atmosphäre selbst. Und natürlich den breiten Deich dahinter, voller Disteln und Dornen, wo sich wilde Kerle verstecken und angeblich eine Bahnlinie angelegt werden soll. Wenn wieder Frieden ist. Aber daraus ist dann nie etwas geworden.

Mit meinem Taschentuch wische ich das Holz der Bank trocken, und danach blicken wir vor uns hin. Und dann fragt Soesje, ob ich sie heiraten will. Ob mir da wohl die Spucke wegbleibt? »Darauf haben deine Eltern gerade gewartet, daß du mit einem Goi ankommst. Und sind wir nicht auch ziemlich jung? Meschuggeste!« – »Es ist mein Ernst!« Soesje zerrt an meiner Jacke. »Aber willst du denn nicht unterm Baldachin heiraten?« frage ich zurück, und plötzlich sprudelt es aus ihr heraus. Ihr Vater kennt den Bürgermeister, und der wird das schon hinkriegen. Eine bürgerliche Ehe. »Der Bürgermeister ist ein stinkender Fisch aus dem verkehrten Lager«, sage ich.

»Dein Vater kommt nicht einmal in seine Nähe. Und warum willst du überhaupt so was Komisches?«

Vom Tennisplatz hinter dem Gebüsch hört man das dumpfe Geräusch der Aufschläge. Und dann blicke ich in Soesjes Gesichtchen und sehe, wie groß ihre Angst ist. »Weißt du«, fährt sie fort, »dann kommt dein Name an unsere Wohnungstür, und ich bin sicher!« Wir stehen jetzt erst mal wieder auf und gehen nach Hause. Nahm sie meine Hand oder ich die ihre? Zum ersten Mal gehe ich Hand in Hand mit einem Mädchen. Einem jüdischen Mädchen. Und noch immer spüre ich den Sand und die trockenen Binsen, sehe in der Ferne den Stadtrand, wo keine Wohnung mehr Sicherheit bietet. Keinen Schutz. Ganz überflüssig, die Tür noch abzuschließen. Wenn es soweit ist, sind sie schnell bei einem drinnen. Und heute abend soll Johan Benjamin Hiegentlich endlich mal diese Koffer aufmachen. Vielleicht versteckt er Schlangen darin.

Und, was niemals vergessen sein wird, der alljährliche Festtag, zu dem die Minerva-Reitschule einlädt. Ein Wirrwarr an Geselligkeit und Heiterkeit. Für einen Stehplatz muß man zehn Cent hinlegen, für einen Platz auf der hölzernen Tribüne 25 Cent. Ich bezahle also zehn Cent, setze mich aber auf die Tribüne. Na, und? Immer ist es ein sonnendurchfluteter Tag, und Klal Israel ist beisammen, da muß man dabeisein. Überall dröhnendes

Lachen und ungeheurer Lärm. Jeder hat etwas zu naschen mitgebracht, und auch ich werde reich bedacht. Ich schmecke unbekannte Dinge, und es duftet wie von weit her. Und natürlich sahen sich hier Leute wieder, die genug hatten von den Drangsalierungen und Quälereien des Dritten Reiches und auch den Gefahren, denen sie dort ausgesetzt waren, und die sich auf der Flucht hierher aus den Augen verloren hatten. Es war ein großes Winken und Umarmen, auch wenn der Moff sie inzwischen eingeholt hatte. Aber wer dachte daran während eines solchen Treffens? Und da sind sie, die uns die Zeit vertreiben sollen. Und immer dieselben Künstler, zweite Wahl, die nicht mehr gefragt sind, aber an diesem Ort können sie noch mit großem Beifall rechnen, wobei die Zuschauer schier umfallen vor Lachen. Da ist der Jongleur, der regelmäßig mit fünf Keulen beginnt und mit zweien endet. Der Rest liegt auf dem Boden. Und dann der Mann mit den singenden Gläsern. Er kommt auf dem Fahrrad, am Gepäckträger einen zweirädrigen Anhänger, darüber ein Segeltuch. Als er anfängt auszupacken, darf ich gern mal eben dabeisein. Er rollt das Segeltuch um einen Stock, wirft einen Blick in den Anhänger und sagt, wie immer: »Ach, ach, was für ein Bruch wieder.« Und dann nimmt er, was heil geblieben ist, und bringt es zum Tischchen mitten in der Manege. Und da sind sie dann, Gläser in vielerlei Größe und Umfang, Glaswaren wie Kännchen und Blumenvasen in unterschiedlichsten Formen. Erst muß alles auf die richtige Art angeordnet werden, dann kann die Vorstellung beginnen. Mikrophone gibt es nicht, also legt er die Hände als Flüstertüte vor den Mund. Hauchzartes Spiel auf wunderbarem Kristall kündigt er an und verspricht, bekannte Melodien und Auszüge aus Oper und Operette zu bringen. Und wirklich sind es hauchzarte Klänge, die er mit Metallstöckchen aus den Gläsern zu zaubern weiß, auf der Tribüne hört niemand etwas. Zum Glück wiegt der Mann Kopf und Oberkörper im Takt der Melodie, so daß sich schließlich alle bei den Armen fassen und mitwiegen. Und am Ende singen ganze Reihen ihren eigenen Singsang. Der Mann bekommt denn auch überschwenglichen Applaus. Eine donnernde Ovation.

Und wirklich geht alles immer daneben. Jetzt kommen die fünf oder sechs Fahnenschwinger in ziemlich abgenutzter schwarzsamtener Pagentracht, aus deren großen Baretten riesige Federn ragen, von denen einige inzwischen geknickt sind. Nun gibt es offenbar doch ein einziges Mikrophon, und das befindet sich im Pförtnerhaus. Daneben existiert auch ein Koffergrammophon für flotte Marschmusik von einer 78er-Platte, nach der die Fähnchen geschwungen werden sollen. Dem Pförtner wurde mehrmals erklärt, was er auf den Zuruf »Musik!« zu tun hatte. Einfach die kleine Bremse lösen, den Schalter drehen und die Nadel auf die Platte setzen. Und, bitte, am Beginn der Darbietung. Und dann ist es soweit. Die Fahnenschwinger haben sich aufgestellt, und einer von ihnen ruft: »Musik!« Nichts geschieht. Und wieder ruft er: »Musik!«, und wieder nichts. »Musik«, ruft die Tribüne, »Musik! Musik!« Aber der Pförtner ist einfach weggegangen und schlendert irgendwo zwischen Bäumen und Gebüsch im Garten herum. Wahrscheinlich ist ihm alles zuviel geworden. Schließlich rennt einer der Fahnenschwinger ins Pförtnerhaus, und da ertönen sie, die so schmerzlich vermißten Klänge der Musikkapelle, aber nur, um gleich wieder abzubrechen. Das Grammophon war nicht genügend aufgezogen. Das Publikum kann sich vor Lachen nicht mehr halten. Und am Ende des Jonglierens schießt natürlich eines der Fähnchen aus den Händen eines Fahnenschwingers und fliegt ins Publikum. Gleich darauf wird eifrig damit geschwungen, aber es wird nicht zurückgegeben. Und mittlerweile wird sich so mancher Flüchtling über das Niveau des niederländischen Amüsements wundern.

Noch ist die Sache nicht ausgestanden und ist der Spaß nicht vorbei. Es geht weiter mit einem Feuerschlucker, einem Invaliden, der es tatsächlich schaffte, seinen Kopf in die falsche Richtung zu drehen und mit seiner Flammenzunge die große Flasche Petroleum in Brand zu setzen. Der Lattenrost, worauf die Flasche steht, schwelt auch nach Abtritt des Künstlers weiter vor sich hin. Und zum Schluß eine Darbietung der Reitschule. Schnell eile ich zu den Ställen, wo ich gleich um die Ecke die Amazone Juffrouw Joost Kral entdecke, mit einer Reithose wie ein Ballon und Sporen an ihren Stiefeln, wie ich sie nur aus den Büchern von Old Shatterhand kenne. Sie klettert gerade mit Hilfe eines Treppchens und assistiert vom Stallknecht auf das Pferd. Es will nicht gelingen, bis sich der Stallknecht an ihr Bein hängt, um es über den Sattel zu ziehen. Das Reittier kenne ich. Das ist kaum noch ein Pferd, eher eine bräunliche Schindmähre, die zu nichts mehr Lust hat. Und jetzt reitet Juffrouw Kral in die Manege, die eine Hand, in der sie die Peitsche hält, in die Seite gestemmt. Die Mähre schlendert mit hängendem Kopf durch den Sand, und von der Tribüne rufen sie: »Vorsicht! Vorsicht!« Und dann steht die voluminöse Amazone in den Steigbügeln und federt auf und ab, doch das Tier ist zu nichts zu bewegen. Der Stallknecht knallt mit der Peitsche und beginnt sogar, von hinten zu schieben. Das Pferd bewegt sich weiterhin in Zeitlupe. Und die Zuschauer sind überglücklich und applaudieren begeistert. Was für ein herrliches Schauspiel. Was hatte man sich eigentlich vorgestellt? Juffrouw Kral auf einem Bein im Sattel des galoppierenden Pferdes stehend, die Hände in Todesangst in die Mähne gekrallt?

Die Sonne verschwindet schon hinter den Bäumen,

und die Menschen verlassen langsam die Tribüne. Rufen. Winken. Küssen. Dann schwärmen sie durch das hohe gelbe Tor hinaus auf die Apollolaan und die Straßen, Wege und Plätze dahinter, wo es schon nach Verwahrlosung riecht und Schwaden von Angst hängen. Nirgends mehr willkommen, außer dann bei uns zu Hause. Und vielleicht hilft das. Und immer das Brummen der Bombengeschwader. Aber kein Fliegeralarm, und die Flak läßt sich auch nicht vernehmen. Ob denen langsam die Munition ausgeht? Später, nach dem Krieg, wissen wir es dann. Der gesamte Transport war auf die Endlösung ausgerichtet. Unter anderem deshalb erreichte die Winterausrüstung die deutschen Truppen in Rußland nicht. So drang die sibirische Kälte durch den Eisenbeschlag der Sohlen in die Kampfstiefel, ließ den Fuß schwarz werden und am Ende abfallen. Na ja, wer den anderen eine Grube gräbt, fällt selbst hinein, denke ich und blättere eine alte Nummer des Familienmagazins *Oké* durch. Nur an das Titelbild erinnere ich mich noch.

Es ist Morgen, und auf dem Hof ein Spektakel ohnegleichen. Hinter der Willem-de-Zwijger-Kerk steht ein großer, grauer Armeesattelzug, ursprünglich gebaut, um Panzer zu befördern, mit gähnender Ladefläche bereit. Aus den Schallöchern des Kirchturms ragen Balken. Und dann werden sie mit Winden und Tauen nach draußen geschwungen. Der Bimmler und der Blöker, wie wir sie nennen. Zwei riesige Glocken, die unser Viertel jeden Sonntag fest im Griff hatten. Donnernd landen sie im Lastwagen. Dann werden sie davongefahren. Sie sollen zu Granaten und Kanonenläufen umgeschmolzen werden. Am nächsten Kirchtag herrscht eine geradezu atemraubende Stille. Und ich glaube nicht, daß das irgendwem aus unserem Wohnblock zu schaffen macht.

Aber es gibt andere Geräusche, und die beschäftigen uns. In Schiphol haben sie neuerdings Stukas stationiert, die heulend in den Himmel steigen. Mein Vater ist nicht so begeistert davon, denn die Anwesenheit von Jagdfliegern kann Gegenmaßnahmen nach sich ziehen, und bei jeder Bombardierung macht sich was selbständig und sucht sein eigenes Ziel. »Zum Fliegen gehört auch Glück«, sagt mein Vater und geht wieder in sein Arbeitszimmer, aber ich sause mit einer Frage hinter ihm her. »Warum hängen sie denn überall die Schilder ›Voor Joden verboden‹ auf?« – »Weil es sich reimt«, sagt er, und wir müssen lachen. Wir verstehen einander mal wieder ausgezeichnet.

Es ist anscheinend wieder die Zeit des Murmelspiels. Unten an der Treppe zur Valeriusterrasse hockt eine ganze Gruppe um drei Löcher herum, und aus einer Entfernung von zwei, drei, vier Gehwegplatten lassen sie die Glaskugeln zu den Löchern rollen. Aber die Murmeln interessieren mich nicht. Ob sie Soesje in letzter Zeit gesehen haben. Nein. Keiner. »Sie ist auch nicht mehr in der Schule«, sagt ein Mädchen. – »Bist du sicher?« – »Na klar. Sie saß zwei Bänke vor mir.« – »Und was sagt euer Lehrer dazu?« – »Wir dürfen nicht darüber reden.« In meiner Hosentasche steckt noch eine Eisenmurmel, die ich irgendwo gefunden habe, und die schenke ich ihr. Sie hat sie im Handumdrehen verspielt.

Ich stehe auf dem Dach des Maschinenhauses, in dem die beiden Fahrstuhlmotoren untergebracht sind, und suche den Himmel mit einem Opernglas ab. Riesige Wolken, die diesmal nur sie selber und nicht irgendwelche Fabelwesen sind, huschen übers hellblaue Firmament. Und da sind schon die Bomber. Du kannst die Uhr danach stellen. Sind damals schon B-17er dabei? Sie werden fliegende Forts genannt, und ihr Anblick muß furchtbar sein. Riesig groß und vollgestopft mit Artillerie. Aber noch gar nichts gegen die fliegenden Superforts, die die Engländer Ende 44 schicken. Und jetzt folgt, worauf ich gewartet habe: Messerschmitts. Vier, die aus dem Nichts hervorschießen und auf eines der Bombengeschwader herabstoßen. Feurige Streifen blitzen aus den Flügeln, aber die Bombenwerfer antworten mit Leuchtspurgeschossen, zwischen denen immer zwei Granaten stecken. Und ab geht's, die erste Messerschmitt, die zu einer giftfarbenen Wolke zerplatzt, und danach rieseln zahllose Teilchen herunter, die in der Sonne aufblitzen, genau wie später die Silberpapierstreifen, die die Bomber massenweise abwerfen, um die deutsche Flugabwehr abzulenken. Ach je, nach den beiden Fallschirmen der Besatzung halte ich vergeblich Ausschau. Und, wer hätte das gedacht, da verschwindet der zweite Moff, einen schwarzen Rauchstreifen hinter sich herziehend, Richtung Horizont. Die zwei übrigen Jäger tauchen in eine Wolke ab. Aber auch bei den Alliierten geht es nicht ohne Opfer aus. Ein Bomber kommt ins Trudeln, schwenkt rechts aus der Formation, bewegt sich, als schaute er sich noch einmal um, taucht vornüber und schießt steil ab nach unten. Keine Flamme, kein Feuer, kein Rauch. Nur ein pfeilschneller, weißer Streifen. Aber, sieh an! Drei, vier, fünf Fallschirme öffnen sich, Wunder über Wunder, und am Firmament erklingt leise von weit her, und unterstützt von einem Orchester aus lauter Geigen, ein großer gemischter Chor, der das feierliche »God save the Queen« anstimmt. Aber natürlich ist das Unsinn, der mich übrigens zum Lachen bringt. Und überhaupt, was bedeutet schon der Verlust eines einzigen Bombenwerfers? Bei Rückkehr des Geschwaders warten bereits, festlich herausgeputzt und gebrauchsfertig, zehn neue auf den Startbahnen des Flugplatzes. Es ist genau wie mit den Panzern. Der enorme T-51 der Russen ist dem Tiger-Panzer zwar nicht gewachsen, und der General-Grant-Panzer mit seiner 37-mm-Kanone und der dicke Sherman gehen bei Begegnung mit einer 88-mm-Kanone in Stücke. Macht aber nichts. Von denen werden so viele gebaut, daß der Moff am Ende keine Chance hat.

Ich habe eingekauft, eine lästige Sache, und jetzt bleibe ich noch einen Augenblick am Tisch stehen und sehe meiner Mutter dabei zu, wie sie Lebensmittelmarken ausschneidet, genau nach den Anweisungen, die regelmäßig in der Zeitung stehen. Ich hatte immer einen tiefen Respekt vor ihr, und bis an ihr Sterbebett habe ich sie gesiezt. Nachher gehe ich auf die Straße, wo es sehr still ist. Nicht stiller als sonst, aber still auf andere Art. Müssen wir uns vielleicht auf etwas gefaßt machen? Ich gehe weiter und suche den Bürgersteig nach Zigarren- und Zigarettenkippen ab, die ich dann in eine Papiertüte stecke. *Bukshag* wurde das damals genannt. Für Onkel Boom von gegenüber. Und alle machen mit, denn Onkel Boom mit seinem dicken Schnurrbart und grünen Sportrad mit Gangschaltung ist ein netter Kerl, der uns Kinder auf seinem Gepäckträger mitnimmt, um dann mal kurz richtig schnell zu fahren. Und der ist vielleicht glücklich, wenn man ihm wieder eine Tüte Tabakreste bringt! Dann werden die Kippen auseinandergezogen, zerkrümelt und in einer kupfernen Dose verwahrt. Der Geruch, der daraus aufsteigt, bleibt lange im Zimmer hängen und nimmt einem den Atem. Und Onkel Boom stopft sich wieder einmal ein Pfeifchen.

Beim Herumschlendern sehe ich es wieder. Das Plakat an einem Baum, das vor schönen Füllhaltern warnt, die von den Alliierten abgeworfen werden. Wenn man sie aufhebt, explodieren sie. Natürlich glauben wir das nicht. Wenn es wirklich so wäre, würden sie die Bürger nicht warnen. In der Corellistraat fährt ein Patrouillenwagen mit dieser schräg abfallenden Motorhaube an mir vorbei. Die Soldaten haben lange, glänzende Regenmäntel an, und hinten im Wagen ist ein Maschinengewehr. Es folgt eine Anzahl Lastwagen. Auf den Bänken der Längsseiten sitzen Wehrmachtssoldaten. Sie blicken sich starr an, die Karabiner zwischen die Stiefel geklemmt. Eine Razzia? Ich bin auf der Hut, seitdem sie zu Hause gesagt haben, daß ich ein bißchen jüdisch aussehe. Aber die Kolonne fährt vorbei, und es folgt Fliegeralarm. Schnell laufe ich weiter und halte immer Ausschau nach Hauseingängen, was mich nicht an der Beobachtung hindert, daß Zigarettenkippen in letzter Zeit seltener werden. Auch Tabak wird Mangelware. Die Raucher behalten ihre Kippen bestimmt für sich selbst. Ein Fenster öffnet sich, und eine Stimme ruft etwas nach unten. Aber da ist niemand, nur eine Straße, wo ein paar Fahrräder stehen, und dann diese Stimme. Als ich über die Brücke komme, die Musenplatz heißt, bin ich schon gleich auf der Nördlichen Amstellaan, dieser langen Straße. Und dann, gleich an der Ecke, stehe ich vor ihrem Haus. Soesje hatte nie Spielkameraden mitbringen dürfen. Aber das war in Ordnung. Ich wußte von der *Mesusa* schräg am Türpfosten. Dabei hatte Soesje auf mich gar nicht den Eindruck gemacht, daß sie fromm waren. Aber es gab natürlich immer die Tradition. Die Vorhänge vor den Fenstern sind dicht zugezogen. Verstohlen trete ich in die Eingangsnische zur Haustür und spähe durch den Briefkastenschlitz. Ein ordentlich aufgeräumter Hausflur, kein Durcheinander, also sind sie nicht umgezogen. Aber es riecht unbewohnt. Vielleicht sind sie untergetaucht. Andrerseits, hätten sie Pläne dazu gehabt, so hätte ich das Soesje sicher angemerkt. Dann wäre sie nicht so in Panik gewesen, da draußen im Sandland. Vielleicht waren sie auch geflüchtet. In die Schweiz oder so. Doch verkaufte man in einem solchen Fall nicht zuerst seine Sachen? Oder brachte sie irgendwo unter? Und dann bemerke ich es. Die Mesusa ist abgenommen. Traurig setze ich mich in den Hauseingang, und ich weiß, daß Soesje zu zart, zu nervös ist und nicht viel aushält. Hinter mir geht die Tür der Wohnung nebenan auf, und eine Frauenstimme fragt, ob ich vielleicht wegen Roza komme. Ich nicke. »Vorige Woche haben sie ihren Aufruf bekommen«, sagt die Frau leise. »Und dann sind sie mit dem Gepäck weggegangen. Im Taxi.« Schweigend stehen wir voreinander. »Schade, nicht wahr«, flüstert die Frau und schließt die Tür.

Von Baum zu Baum rennend, denn es hat angefangen zu regnen, werde ich wütend. Schade? Was heißt hier schade? Aber ich bin auch stolz, daß sie in einem Taxi zur Schouwburg gefahren sind. Das hat noch Stil! Demnächst wird der berüchtigte Fuhrunternehmer Puls, der für den Besatzer arbeitet, auch vor diesem Haus halten, das Mobiliar aufladen und es nach Deutschland und Österreich verschicken. Aber diese Mesusa – niemals!

»Du mußt dir immer Raum schaffen«, hatte mein Vater gesagt. »Wenn nicht im Schrank, dann wenigstens in deinem Kopf.« Also weg mit *Frederik Fluweel-* und *Koenraad vom Arbeitsdienst-*Comics, die ich aus der Zeitung ausgeschnitten habe, genauso wie mit den Ausschnitten vom Frontverlauf. Die Karten stimmen sowieso schon seit längerem nicht mehr mit den Informationen überein, die wir aus dem englischen Sender hatten. Die SS-Panzergrenadiere bekommen inzwischen schiefe Hacken vom Rückwärtslaufen durch die russischen Dörfer, die sie zuvor niedergebrannt hatten. An demselben Nachmittag sagte mein Vater auch, daß er genau wisse, wonach ich Ausschau halte. »Hol dir mal einen Stuhl.« Aus dem Eßzimmer schleppte ich einen Stuhl herbei und stellte ihn vor den Schreibtisch. Gemeinsam gingen wir zu einem der Bücherregale, und mit sicherem Griff zog er ein in schwarzes Leder gebundenes Buch ohne Titel heraus und legte es auf den Schreibtisch. Es war eine Schachtel, die aber ein raffiniertes Schloß hatte. Mit einem Drehbleistift drückte er irgendwo drauf, eine Klappe sprang auf, und da lag sie! Die schönste Pistole, die man sich vorstellen konnte. Eine P-38 Automatik, und drum herum lauter Kugeln in silbernen Hülsen. 9 mm. Das sah ich sofort. Ob ich sie mal kurz in die Hand nehmen dürfe. Mein Vater meinte nein, denn die Waffe war dick eingefettet. »Und diesen Burschen werden wir eintauschen, mein Sohn. Für sehr, sehr viel Zucker, denn deine Mutter gibt mir neuerdings immer öfter diesen widerlichen Süßstoff in den Kaffee und Tee.«

Meine Mutter steht vor dem Spiegel in der Küche und zieht sich einmal kurz den Kamm durch die Frisur. Dann geht sie auf die Veranda, steigt auf einen Hocker und klettert weiter auf den Fliegenschrank. Kniend, die Unterarme auf die Trennwand gestützt, unterhält sie sich von dort mit unseren Nachbarn, der Familie Gomperts, die gerade Tee trinkt. Tommie, der Sohn der immer so fröhlichen Mevrouw Gomperts, streckt seine Hand hoch, und ich schüttele sie. Außerdem ist da drüben noch Mevrouw Gomperts Schwester, die aus Deutschland geflohen ist. Zusammen mit ihrer Tochter Eva, einer süßen Dreijährigen, die immer wunderhübsche Kleidchen und glänzende Schuhe trägt, hat sie hier ein Obdach gefunden. Und mit ihnen war auch die Großmutter gekommen. Eine strenge Dame mit kerzengeradem Rücken und immer in langem schwarzem Kleid, das unterm Kinn von einer großen Brosche zusammengehalten wird, die aussieht wie ein militärischer Orden. Die Gomperts nennen sie Omi. Meine Mutter redet auf Mevrouw Gomperts ein. Flüsternd, während ich die Kletten, die ich im Gebüsch gefunden habe, in Tommies und Evas Haar zu werfen versuche. »Mensch, taucht doch unter!« sagt meine Mutter. »Das ist euer Recht. Gebraucht es dann auch. Ihr Mann hat doch genug Bekannte. Auf dem Lande, in Drente ist Platz genug. In Friesland wohnen auch gute Christen. Niemand kann euch zwingen, dem Aufruf der Moffen zu folgen. Geht...«

Mevrouw Gomperts mit ihrem strahlenden Gesicht versucht, meine Mutter zu beruhigen. Sie stehen alle auf einer Liste, die unmöglich platzen kann, wie man das nennt. Diese Liste schützt sie selbst für den Fall, daß sie auf Transport nach Osten müssen.

Ich habe sie die ganze Zeit aus den Augenwinkeln beobachtet. Und, jawohl, Omi erhebt sich aus ihrem Stuhl, steht da wie ein schwarzer Pfahl, die Hacken zusammen, die Arme angelegt, und mit strengem Gesicht sagt sie auf deutsch: *»Frau Heeresma! Wir Deutschen wissen zu gehorchen!«* Der Himmel bezieht sich, und von sehr weit her höre ich kurz die Musik einer Militärkapelle und den Gesang marschierender Moffen, die ihre Treue zum Führer mit einer Hymne herausbrüllen: »Es ist so schön, Soldat zu sein, Rosemarie.« Nachher sitze ich mit meiner Mutter im Eßzimmer, und sie holt die Blechdose aus dem Schrank und entnimmt ihr etwas ganz Besonderes. Einen Riegel Schokolade. Sie bricht ein Stückchen für mich ab, nimmt selbst nichts, und jetzt macht sie die klassische Gebärde! Sie stützt den linken Ellbogen auf den Tisch, klappt den Daumen nach innen und klopft sich mit dem Knöchel gegen die Stirn, wobei sie sagt: »Da bleibt einem der Verstand stehen.« Diesmal lache ich nicht.

Tommie ist später doch noch untergetaucht, und zwar bei einer Schwester meines Vaters, die in Apeldoorn wohnte. Die anderen kamen nach Bergen-Belsen, von wo nur Mevrouw und Meneer Gomperts zurückkehrten. Jahrzehnte später, auf der Beerdigung der Frau, die ihn versteckt hatte, sah ich Tommie wieder. Ich erkannte ihn sofort. Er mich nicht mehr. In dem kurzen Gespräch, das wir führten, erwähnte ich auch die kleine hübsche Eva. Er sah mich auf einmal mit leeren Augen an, er konnte sich nicht an sie erinnern.

Und jawohl, da sitze ich mit meinem derzeitigen Kumpel Rinus Diepersloot auf einem Pflanzenkübel vor der Schule am Hygiëaplatz. Rinus' Mutter spricht mit einem starken deutschen Akzent, und sein Vater arbeitet – ob freiwillig oder nicht, habe ich nie erfahren können – in Deutschland. Übrigens eine nette Familie mit einem Garten voller Gerümpel, wo alles herumlag, was wir für unsere verrückten Erfindungen brauchten. In der Turnhalle der Schule ist eine Garküche eingerichtet, und in der Luft hängt ein fader Geruch von Kohl. Die Leute verlassen die Küche mit gefüllten Näpfen, und Rinus wirft ihnen heimlich Steinchen nach. Und jetzt zeige ich, was ich habe. Einen silbrigen SS-Ring mit Totenkopf. Ich halte ihn fest in den Fingern. Denn eins steht fest: Rinus will diesen Ring haben. Er stottert geradezu, will ihn mir wegnehmen, aber ich bringe ihn in meiner Hosentasche in Sicherheit. »Gib ihn!« bettelt Rinus. »Gib mir den Ring!« – »Du kriegst ihn, aber nur, wenn du einen Wasserhahn zum Krähen bringst.« Wütend springt er auf und läuft ohne Gruß weg in die Richtung des Torwegs zum Stadionweg. Werde ich ihn wiedersehen? Was die Leute bloß mit Totenköpfen haben? Das ist doch wirklich verrückt.

Langsam stehe ich auf und will weiter. Und dann höre ich auf einmal jemanden rufen, und neugierig blicke ich um mich. Die Stimme klingt hohl, wie wenn da jemand aus dem Inneren der Erde ruft, wo all die geheimnisvollen Maschinen sind. Und da sehe ich, was los ist. Neben der inzwischen geschlossenen Schultür warten eine Reihe riesiger Mülltonnen darauf, geleert zu werden. Und aus einer dieser Tonnen ragen zwei strampelnde Beine, Strümpfe, oft gestopft, an dem einen Fuß ein Pantoffel, am anderen ein Schnürstiefel. Und mir ist sofort klar: Alte Frau beugt sich über Tonne, um noch was Brauchbares herauszuangeln, und fällt dabei rein. So in der Art: »Tja, wer den Dingen auf den Grund gehen will...« »Kommen Sie zurecht?« frage ich. »Hilf mir!« hallt es zurück. Ja, ja, aber wie? Ich könnte die Tonne vielleicht umschmeißen, aber dabei fällt die Alte dann gleich mit. Ich drehe mich um und renne davon. Soll sich jemand anders drum kümmern. Zu Hause laufe ich sofort zum Spiegel im Schlafzimmer, lege die Stirn in Falten und studiere eingehend die Konturen meines Unterkiefers. Denn eine Denkerfalte und ein wuchtiges Kinn bezeugen, daß du ein Charakter bist. Und nur dann, davon war ich überzeugt, brauchte man nicht gleich zu spuren, wenn dieses ewige: »Junge, nimm die Hände aus den Taschen!« gesagt wurde. Als ob einer mit losen Händen nachdenken könnte.

Meneer de Laaf, ein Nachbar von gegenüber, klingelt, kommt nach oben, und ich bringe mich in Sicherheit. Ich gebe ihm nicht die Hand, denn an seiner Rechten fehlt der Daumen. Ob Meneer de Laaf wohl ein Gewehr bedienen könnte? Ich höre, wie sie sich auf dem Flur unterhalten. Er hat schon eine Zeitlang ein ziemlich heruntergekommenes Subjekt, einen Mann mit Mütze, bemerkt, der sich vor unserem Haus herumtreibt. Ebenfalls sei schon jemand in langem schwarzem Ledermantel dagewesen, der unsere Fenster längere Zeit beobachtet habe. Meine Mutter dankt ihm herzlich, und auf der Treppe fragt er noch, ob es etwas Besonderes gibt. Nein, nicht, daß sie wüßte. Niemand aus der Nachbarschaft darf wissen, daß ein junger jüdischer Mann bei uns untergetaucht ist. Es ist schon dunkel, als mein Vater nach Hause kommt. Er hört sich an, was meine Mutter berichtet, setzt sich gar nicht erst zum Abendessen, sondern geht gleich zu seinem Schreibtisch weiter, wo er aus der linken Schublade eine Armbinde zieht. Er befestigt sie am linken Ärmel, packt die dazugehörigen Papiere und läuft ohne Gruß die Treppe wieder hinab. Die Tür fällt hinter ihm ins Schloß. »Wohin geht Papa?« fragen wir. »Euer Vater hat noch etwas zu erledigen«, sagt meine Mutter.

Ich liege im Bett und warte, und es ist schon sehr spät, als mein Vater heimkommt und Johan leise herunterruft. Der hat bestimmt schon gewartet, denn er ist sofort unten. Ich gehe ihm im Schlafanzug nach, setze mich auf den Flur, ziehe die Knie hoch und lege den Kopf auf die verschränkten Arme. Meine Mutter geht kurz in die Küche, kommt zurück und geht gedankenverloren an mir vorbei. Sie hat mich nicht bemerkt. Mein Vater hat vorläufig einen Unterschlupf für Johan gefunden. Ein altes Ehepaar. Keine Kinder. Ruhig. Johan kann dort weiter seinen Studien nachgehen. Die Leute haben reichlich zu essen, weil der Mann Bekannte im Hafen hat. Johan braucht nicht zu bezahlen, was nur gut ist, denn er ist knapp bei Kasse. »Ihnen doch hier und da etwas zustecken«, rät mein Vater, »wie wohlgesinnt sie auch sein mögen.« – »Wohlgesinnt?« Das Wort kenne ich noch nicht. Vielleicht ist damit gemeint, daß jemand höflich den Hut vor einem zieht, der im Rollstuhl sitzt. Am Roelof Hartplatz hängt ein weißes Band zwischen zwei Laternenpfählen, auf dem in roten Buchstaben steht: *»Ein Volk, ein Reich, ein Führer.«* Die haben sie nicht mehr alle, denke ich. Wo dieser Hitler hier noch nicht mal vorbeigekommen ist.

Am nächsten Abend schaue ich noch mal zu Johan hinein. Schließlich ist er bald nicht mehr da. Leise öffne ich die Tür, und im Zimmer brennt nur die kleine Lampe. Johan sitzt auf dem Bett und starrt vor sich hin. Vorsichtig lege ich meine Hand auf seine Schulter, erschrocken blickt er mich an, und ich sehe Tränen in seinen Augen. »Immer mit der Ruhe und ’ner guten Zigarre«, sage ich. Gott sei Dank, er lacht ein bißchen.

Es ist schon seit ein paar Tagen richtig warm, und überall stehen nachts die Fenster offen. Auch bei uns. Und auch wir wachen von Geräuschen auf, die sich im Viertel ausbreiten und aus den Straßen nach oben steigen. Und genau wie die Nachbarn auf der anderen Straßenseite laufen wir an die Fenster und blicken vorsichtig nach draußen. Aus dem Fenster lehnt sich dabei niemand. Das hat seinen guten Grund, es geht mal wieder los. Eine Razzia! Das Kreischen von Raupenketten, das Brummen von Lastwagen und das Knallen von Soldatenstiefeln auf dem Pflaster. Auf der Kreuzung steht ein Motorrad mit Beiwagen, in dem ein Moff mit Maschinengewehr sitzt, ein paar Soldaten laufen an den Häusern entlang. Sofort bin ich oben bei Johan, der, noch im Schlafanzug, gerade in seine Schuhe fährt. Schnell ziehen wir die Decken auf seinem Bett glatt, werfen die Tagesdecke darüber und pfeffern allerlei Sachen, die seinen Aufenthalt in diesem Zimmer verraten, unters Bett und in die Schränke. Ich öffne das Fenster auf dem Gang, und Johan saust über die Eisentreppe aufs Dach und rennt über den Kies zur Dachluke. Im Nu ist er verschwunden. Gerade rechtzeitig, denn in einem der kleinen Fenster des Kirchturms taucht ein Moff auf und stellt sein Fernglas ein. Ich keuche und schwitze vor Schreck, habe aber schon eine wichtige Beobachtung gemacht. Diese Judenjagd wird von der normalen Wehrmacht durchgeführt. Die macht also auch schon mit.

Was nun? Ich laufe die Treppe hinunter und setze mich auf die vorletzte Stufe, direkt hinter die Tür zum Flur. Dort höre ich jetzt das Summen des Türöffners. Irgendwer macht die Haustür auf, obwohl es noch nicht geklingelt hat. Später wird Mutter erklären, daß sie es war, weil sie nicht wollte, daß die Soldaten die Scheiben in der Tür eintreten oder mit dem Gewehrkolben einschlagen würden. Sie ist großartig! Jetzt kommen drei Soldaten nach oben, während ich mit mir ringe, ob ich die Tür einen Spalt öffnen soll, um die Lage zu peilen, oder nicht. Aber gerade als ich die Tür aufmachen will, werde ich wie von einer Riesenklaue zurückgehalten. Und das ist nur gut, denn auf der anderen Seite passiert folgendes: Zwei Soldaten mit Helm und einer mit Mütze, wahrscheinlich ein Feldwebel, kommen in die Wohnung getrampelt. Der Unteroffizier stellt sich im Flur auf und zeigt auf eine Tür nach der anderen. Die Moffen sehen sich dann um, unter dem Tisch, in den Schränken, und kommen schließlich ins Arbeitszimmer meines Vaters, der an seinem Schreibtisch arbeitet. Er blickt nicht einmal auf. Umwerfend. Und dann ziehen sie ab, wobei die Tür, zu der der Unteroffizier die ganze Zeit mit dem Rücken gestanden hatte, vergessen wird. Die Tür zur Treppe, wo ich sitze. Und ich habe niemals über mein Erlebnis mit dieser Klaue gesprochen. Vielleicht, weil es zu intim war? Johan blieb jedenfalls verschont.

Die Razzia entfernt sich, und wir lehnen uns wieder seelenruhig aus dem Fenster. Haben sie jemanden aufgegriffen? Die Bänke der vorbeifahrenden Lastwagen sind leer und nur von einer dicken Schicht dürrer Blätter bedeckt. Und das im Sommer.

Monnes Eltern habe ich nur ein einziges Mal gesehen, denn sie arbeiteten beide Tag und Nacht für eine jüdische Organisation. Sie kamen, glaube ich, aus Litauen, sprachen aber schon recht gut Niederländisch, wenn auch mit einem rauhen Akzent. Das »ui« zum Beispiel klang eigenartig. Und in ihrer Wohnung in der Watteaustraat herrschte eigentlich ein ziemliches Durcheinander. Es gab ein paar wunderschöne moderne Sessel aus schwarzem Kordsamt in Chromgestellen. Aber dazwischen überall Kartons und Koffer. Hier und da habe ich mit der Fußspitze einen von ihnen angetippt. Sie fühlten sich alle voll an. Warum packten sie ihre Sachen nicht aus? Eine Ausnahme aber hatten sie gemacht. In dem großen Vorderzimmer, genau gegenüber den Fenstern mit den breiten Markisen, hing etwas, das zunächst wie ein großes viereckiges Loch aussah. Eine Zeichnung von Käthe Kollwitz. Und wenn ich daran entlangging, war es, als würde ich nach innen gesogen, in eine Welt, die grauenhaft war und einem zugleich den Atem verschlug. Ausgemergelte Gesichter und von TBC und Skorbut fast ganz zugrundegerichtete Körper. Und sie schrien zu schwarzen Gebäuden hinauf, die sich drohend über sie neigen. Und über dem Ganzen ein unerbittlicher Himmel, an dem sogar ein 80-mm-Geschoß abprallen würde. Dort wollte ich sein, mitten darin in diesen braunen, schwarzen und grauen Tönen, mitschreien, und dann rennen, so schnell ich konnte, mich retten. Denn da passierte es, das mußte man für einen Augenblick erlebt haben, und dann, wieder zu Hause in der Wärme, würde man es nachschmekken. Später, im Hungerwinter, als aus Verzweiflung jeder jeden bestahl, würde die Erinnerung an diese Zeichnung sich immer öfter über das Straßenbild legen.

Sie waren ohne Genehmigung in die Niederlande geflohen und zuerst im Rotterdamer Judenviertel gelandet. Aber da ging es doch recht ärmlich zu, und sie waren froh, jetzt in einer so schönen Gegend zu wohnen. Was taten die Eltern eigentlich? Er schwieg, und ich habe es nie erfahren. Trotzdem hatte ich eine Ahnung, auch wenn ich mich nicht mehr erinnere, worauf die sich stützte. Sie leerten die Tsedoke-Büchsen, die in vielen jüdischen Häusern auf dem Kaminsims oder auf einem Tischchen standen. Dorthinein tat man Geld für wohltätige Zwecke.

Seine Eltern nannten ihn Monne, was wohl damit zu tun hatte, daß er Salomon hieß. Ich selbst nannte ihn bei seinem ersten Namen, Lothar – wobei ich das »a« etwas langzog und das »r« aus der Kehle kommen ließ. Lothar kannte alle möglichen Städte wie Riga, Wien, Budapest, Warschau und was nicht alles, und sein Name paßte zu ihm. Er sprach mehrere Sprachen, und auch das Niederländische fiel ihm wunderbar leicht. Dabei sah er wie ein Zigeuner aus, oder jedenfalls so, wie ich mir einen Zigeuner vorstellte: glattes, rabenschwarzes Haar, das ihm ins Gesicht fiel, hellbraune Augen, ein matter Teint. Und dann war er aber auch wirklich ein Zigeuner, ein richtiger Ganeff, der dauernd versuchte, mich um irgendwelche Sachen zu erleichtern. Anfangs nannte er mich Goi, aber das paßte mir nicht. Also brachte ich ihm bei, wie man meinen Namen auf Friesisch ausspricht. Jerre. Und den fand er wieder toll.

Es ist recht warm, und es regnet ganz leise. Johan und ich sitzen in der offenen Balkontür hinter der Balustrade, und Tropfen ticken auf die Fliesen. Wieder und wieder betrachten wir den neuen Personalausweis ohne das verhaßte »J«, auf dem Johan vorläufig Jan Dekkers heißt. Fingerabdruck, schöne Stempel, Paßfoto. Jetzt bist du wirklich verschwunden, denke ich. Ich wage es nicht zu sagen. Nimmst du jetzt diese Sterne von deinen Kleidern? Ich wage es nicht zu fragen, sondern stehe auf und laufe weg. »Herzlichen Glückwunsch!« rufe ich noch in der Tür.

Meine Mutter hat ihre weiße Kochmütze auf und öffnet alle Schränke ganz weit für eine festliche Abendmahlzeit als vorläufigen Abschied von Johan, der um der Sicherheit willen erst mal woanders untergebracht wird. Der Tisch steht voller Kerzen, und sogar Johan ist munter und erzählt zum ersten Mal ein paar jüdische Witze.

Und schließlich greift mein Vater zur Bibel, denkt kurz nach und schlägt dann Psalm 17 auf: »Hilferuf des unschuldig Verfolgten«, sagt er dann, und wir blicken alle zu Johan. »Der ganze Psalm, außer den Versen 3 bis 5.« Wenn es um die Heilige Schrift geht, ist mein Vater extrem gewissenhaft. Wir hören zu und begreifen es und singen innerlich gleichsam den Text mit. Unmittelbar vor dem Schlafengehen komme ich darauf zurück. »Warum hast du diese drei Verse ausgelassen?« – »Lies selbst«, sagt er, und ich lese, und er sagt: »Derjenige, der hier spricht, ist ein so aufrechter Mensch, daß wir uns nicht einmal in seinem Schatten niederlassen dürften.« Eine solche Antwort prägt sich ein. Wer die Heiligen Schrift so zu lesen versteht, ist bei ihr angekommen und kann in aller Freiheit mit ihr umgehen.

Mein Vater hat alles organisiert, also bleibt nichts dem Zufall überlassen. Niemand außer ihm selbst kennt die neue Untertauchadresse. Nicht einmal Johan. Wenn es soweit ist, wird mein Vater sie ihm wohl mitteilen. Wir fahren auch nicht mit der Straßenbahn. Ein Glück, denn der Gestank der Desinfektionsmittel bleibt einem in den Kleidern hängen. Zuerst verläßt Johan das Haus. Hinten herum. Und genau schauen, ob niemand da rumläuft. Am Van-Heutsz-Denkmal soll er auf uns warten und uns dann in einem Abstand von etwa zwanzig Metern folgen. Sobald wir am Ziel sind, erfährt er die Adresse.

Und da gehen wir, ein Mann und ein Junge. Was könnte harmloser aussehen? Wir durchqueren den Vondelpark, der völlig verdreckt ist, und ich erzähle, was mir vor kurzem in der Schule passiert ist. Ein Vertretungslehrer fragt die Klasse, wer die Sonne liebt, und jeder hebt seine Hand. Und wer liebt Regen? Ich bin der einzige. »Wie komisch«, sagt der Vertretungslehrer. »Warum liebst du denn Regen?« – »Regen ist gut für die Konzentration, du Schlemihl.« – »Das ist ein Judenwort!« ruft der Vertretungslehrer. »Du gehst jetzt erst mal raus auf den Flur!« »Was für ein Gefühl war das?« will mein Vater wissen. »Dufte.« Wir blicken uns an und lachen. »Du hast für einen kurzen Augenblick etwas mit anderen geteilt«, sagt er.

Wir laufen den Overtoom entlang, diese lange Straße mit ihren Bäumen und dem eigenartigen Mischmasch aus Baustilen. Und da ist das Gebäude der VAMI, was so etwas wie »Vereinigte Amsterdamer Milchindustrie« bedeutet. Der Direktor dort, Meneer Quelle, ist ein Geistesverwandter meines Vaters. Er leitet seit einiger Zeit die Bibelkreise, die mein Vater ins Leben gerufen hat, damit die Menschen die Bibel besser kennen und verstehen lernen. Diese Veranstaltungen am Sonntagvormittag sind immer gerappelt voll. Ab und an drehe ich mich blitzschnell um, und ich sehe Johan. Er geht da ganz bedrückt, aber das kann natürlich an seinem bleischweren Koffer liegen. Den anderen trägt mein Vater, denn Johan hat auch noch seine Aktentasche, die er vor den Judenstern halten soll, sobald mein Vater ein Zeichen gibt. Und da ist Amsterdam-West mit seinen häßlichen Bauten und belebten Einkaufsstraßen, in denen immer weniger zu bekommen ist. Aber wie still es ist, und dabei war die Gegend doch früher eher ein einziges Stimmengewirr. Wir gehen ein Stück durch die Van Oldenbarneveldstraat, und dann kenne ich mich wieder aus, denn hier, Nummer 73, ist das Delikateßgeschäft von Meneer Dijkstra, der uns die Einkäufe jede Woche mit dem Lieferwagen ins Haus bringt. Und dann bleibt mein Vater vor dem Schaufenster eines Handarbeitsgeschäfts stehen, und da liegt massenhaft Wolle aus, in Knäueln und Strängen. Und auch eine große Vase mit einem Strauß Stricknadeln in allen möglichen Farben und Stärken. Wie verabredet, bleibt auch Johan stehen und blickt ins Schaufenster. »Ich stelle deinen Koffer vor die Tür«, sagt mein Vater. »Es ist eine Klingel da.« Dann laufen wir weiter, und mein Vater sagt, ich soll an seine andere Seite gehen. Plötzlich bückt er sich und stellt den Koffer auf eine geflieste Türschwelle. An der Ecke blicke ich noch einmal zurück, und ich sehe Johan hineingehen. »Er ist reingegangen«, melde ich, und mein Vater findet ein großes Café, wo sie noch heiße Schokolade haben. Schlagsahne gibt es keine mehr. »Wir sehen Johan doch wieder?« frage ich. Mein

Vater schweigt. Und dann begreife ich, wie klug er die Sache organisiert hat. Ich kenne die Hausnummer von Johans Untertauchadresse nicht. Ich habe nicht einmal Abschied nehmen können. Aber, so ist das nun mal, *safety first.* Denn das lernen wir gerade zu Hause. Englisch. Für nachher. Und ich frage mich, ob ich Johans Untertauchadresse wiederfinden kann. Es wimmelt in der Gegend nur so von gefliesten Hauseingängen. Ich bin ganz durcheinander. Habe auf zu vieles achten müssen.

Es lohnt sich, alles genau zu untersuchen, wie sich nach meiner wiederholten Inspektion der Dächer ergibt. Über einen Luftschacht gelange ich aufs Dach des Pastorats, wo Gravemeier, der Pfarrer dieses Viertels, wohnt. Ein unangenehmer und furchtbar eifersüchtiger Mann, der Mutter und mir noch Ärger machen wird. Aber was wichtiger ist, ich schaffe es von da aus über ein halboffenes Fenster, das sich leicht aufstoßen läßt, auf den Dachboden von Metzger Roelofzen, dem Besatzerfreund. Dort liegt haufenweise Kriegsspielzeug. Das Schönste vom Schönen in Hülle und Fülle. Ob ich zugreifen und etwas mitnehmen darf? Ich überlege. Diebstahl ist Diebstahl. Mehrere Male kehre ich zurück. Das Fenster des Dachbodens steht immer noch offen, und auch drinnen ist alles unverändert. Logisch. Die Söhne von diesem üblen Metzger hocken bei der HJ und spielen jetzt mit echten Waffen.

Beim nächsten Besuch nahm ich eine Tasche mit, demnach bestand also kein Zweifel, daß ich mich zum Stehlen entschlossen hatte. Trotzdem, als ich einen Moment vor dem halboffenen Fenster stehenblieb und vor mich hinblickte, habe ich mir fast in die Hosen gemacht. Und ja, mein Lieber, da erklang aus der Höhe eine eherne Stimme, die meinen Namen rief und mir deutlich vernehmbar mitteilte, jawohl, Stibitzen sei zwar Stibitzen, jedoch von einem Kriegsgewinnler stibitzen, das dürfe man, sein Besitz käme allen zu. Ich achtete auf jedes Geräusch und traf eine sorgfältige Wahl. Angreifende Soldaten natürlich und solche, die Handgranaten werfen. Infanteristen, die über den Boden robbten, die Gewehre quer über die Unterarme gelegt. SS und Panzer, ein Stück Laufgraben und englische Soldaten, die sich vor Schmerzen krümmten, weil ihnen ein Arm oder die untere Hälfte eines Beines fehlte. Mit anderen Worten, alles, was dazugehört, der ganze Kram eben. Mit der vollgestopften Tasche machte ich mich wieder davon und versteckte vorsorglich alles, denn die Pfötchen meiner Brüder waren ziemlich zerstörungswütig. Ob Lothar an meinem Fund interessiert war? Davon war ich überzeugt. Dann würde ich das Spielzeug gegen postkartengroße Fotos von diversen Waffen eintauschen. Die waren für mich wirklicher als das Kriegsspielzeug, an das ich nicht glauben, damit also auch nicht spielen konnte. Wir trafen uns am Kanal neben dem Konservatorium. Aber dann nahm ich ihn zum Minerva-Spielplatz mit. Der Himmel über uns war leer und blauweiß, und es wehte kräftig. Sie würden heute nicht nach Deutschland fliegen. Lothar war starr vor Staunen, als ich ihn zu dem großen freien Platz mitten in unserem Viertel führte. Er war oft an der hohen Hecke vorbeigelaufen, hatte aber niemals dieses Gelände vermutet. Wir stiegen über die fast einen Meter hohe Wand der Sandkiste, in deren Ecke eine kleine Schutzhütte stand. Das Holz roch nach Kreosot, und nun kamen wir ins Geschäft. Lothar ist völlig aus dem Häuschen, als er sieht, was ich mitgebracht habe, zum Beispiel dies Prachtexemplar eines Tiger-Panzers und zwei Panther, und ich selbst bin von den Fotos, vor allem von den Flugzeugen, begeistert. Siehst du, da sind sie, ich besitze sie noch immer. Der Fieseler Storch, die Messerschmitt BF-109, Focke-Wulf FW-190. Der Stuka natürlich mit der enormen Sirene, mit der die Moffen Todesangst verbreiteten, noch bevor sie etwas abgeworfen hatten, die verschiedenen Heinkel-Modelle, die alle aussehen, als wären sie aus Pappe, ein weißes Dornier-Wasserflugzeug und eine kunstvoll bearbeitete Zeichnung der ME-262, die das erste Düsenflugzeug werden sollte. Auch ein Karabiner 96 und ein Schwimmwagen, Panzerfäuste. Und Faustfeuerwaffen wie die Luger, eine Walther, eine Steyer. »Hinter dir steht ein Elefant«, sagt Lothar. Das war immer so sein Späßchen. Wenn ich mich dann umdrehte, steckte er sich heimlich etwas von meinen mitgebrachten Sachen ein. Ich wußte das, und er wußte, daß ich es wußte. War auch nicht tragisch. Auf dem Dachboden war genug, und Lothar war hoch zufrieden.

Wir stecken unsere neu erworbenen Schätze ein, ich gebe Lothar die Tasche, und wir gehen zum Reitstall. Noch einmal blicke ich mich zum Spielplatz um. Niemand ist dort, nur ganz weit weg ein Mann, der zwei Hunde ausführt, was natürlich nicht erlaubt ist. Aber der Parkwächter ist nicht da. Am Himmel, ungefähr dort, wo man von hier aus die protzige Reichsversicherungsbank erkennen kann, baut sich plötzlich eine lilafarbene Wand auf. Das sieht nach Unwetter aus. Ich habe Lothar von meinem Freund, dem silbergrauen Wallach Ahasveros erzählt, aber er glaubt mir nicht. Kein Problem. Er wird es selbst sehen. Aber als wir auf dem Gelände der Reitschule ankommen, merke ich wieder einmal, daß alles vorbei ist. Die oberen Hälften der Boxentüren stehen offen, schwanken im Wind hin und her und schlagen gegeneinander. Die Pferde sind fort und mit ihnen Ahasveros. Es ist, als bekäme ich einen Stoß in den Magen. Das wird mir zuviel, und ich breche in Tränen aus, was mich sehr ärgert, denn ich mag meinen Gefühlen nicht nachgeben, wenn ein anderer dabei ist. Und während ich so dastehe und heule wie ein Hund, legt mir Lothar plötzlich seinen Arm um die Schulter und bietet mir ein nicht allzu sauberes Taschentuch an. In der Ferne hört man einen Donnerschlag. Wir müssen uns beeilen. Lothar hat noch die Hand auf meiner Schulter, als wir loslaufen, aber ganz kurz drehe ich mich um und sehe nun erst rechts an der offenen Pforte das weiße Schild. »Voor Joden verboden«. Weil es sich reimt. Lothar überquert die Apollolaan bei der Raphaelstraat, und ich gehe geradeaus weiter. Auf der Straße wird es jetzt dunkel vor Regen, aber ich habe keine Lust zu rennen. Ich drehe mich noch einmal um und sehe ihn dastehen, den einen Arm erhoben. Also doch ein Freund. Auch ich hebe die Hand. Tschüs, Monne. Gott mit dir. Ich habe ihn nicht wiedergesehen. Erst zu Hause würde ich merken, daß ich versehentlich sein Taschentuch eingesteckt habe.

Meine Brüder sind im Bett, und meine Eltern sitzen friedlich am großen Tisch im Wohnzimmer, wo die Lampen brennen, denn noch haben wir Strom. Mein Vater schreibt einen Brief an einen Verwandten, und die wunderschöne lila Tinte glänzt auf dem weißen Papier. Meine Mutter kreuzt die Lebensmittelmarken an, die sich nach den Angaben der Zeitung in der nächsten Woche einlösen lassen. Doch es ist kaum noch Verlaß darauf. Immer mehr Produkte sind entweder gar nicht zu bekommen oder aber von erbärmlicher Qualität, so wie zum Beispiel Kartoffeln. Ich lese derweil in einem Buch, das ich in den Regalen meines Vaters gefunden habe. Auf dem Umschlag ein Holzschnitt, ein fröhlicher Chassid mit hoher Kipa auf seinem Kopf, Peies und stattlichem Bart, der den Saum seines Kaftans festhält, während er über dem schwarz gezackten Rand einer Stadt durch die Luft schwebt. Es ist eine Sammlung jiddischer Lieder, von Gebirtig, Pripetschik und Rätenisch, dazu auch viele anonyme Verse. Die Übersetzung steht daneben, und ich versuche, mich in das weiche Jiddisch gleiten zu lassen. Dabei vermisse ich eine Stimme, die laut mitliest. Und singt.

Vorsichtig öffne ich die graue Mappe, die auf dem Tisch liegt. Darin sind etwa zehn, zwölf Postkarten. Sie sind schmutzig und zerknittert und mit Bleistift in kritzeliger Schrift geschrieben und wurden von Bekannten meiner Eltern, die aus Westerbork auf Transport nach Osten gegangen sind, durch die Ritzen der Vieh- und Güterwaggons gesteckt, von wo sie auf die Böschung herunterflatterten. Ehrliche Leute, die dort entlangkommen, stecken die Karten dann in den Briefkasten. Man ist zum Glück gesund, es wird schon werden, schöne Grüße und auf ein baldiges Wiedersehen dann. Ich betrachte die Postkarten, versuche, durch sie hindurchzublicken, zu schmecken, zu erleben, aber ich sehe nur eine vorwärts donnernde Lokomotive und darüber Raben und Krähen an einem grauen Himmel. Und auch die Familie Gomperts ist heute morgen ohne Abschied gegangen. Sie fanden sicher, es sei zu früh, um uns zu wecken. Mevrouw van Doorn, die Hausmeisterin, hat ihnen vom Fenster aus nachgeschaut, Omi in langem schwarzen Mantel wie ein Gefreiter voranmarschierend. Und im Handumdrehen saß der Sohn von Riegen, dem Küster der Kirche, in der Wohnung. Das machte keinen guten Eindruck, und wir haben denn auch niemals ein Wort mit dieser Lehrerfamilie gewechselt.

Ach, was macht mir das schon aus. Ich habe mir vorgenommen, mich nicht mehr irremachen zu lassen. Zum Glück geht es in Rußland etwas besser. Der Moff zieht sich zurück, wenn auch im Augenblick noch gut durchdacht. Organisiert. Diszipliniert. Genau wie neulich der Soldat, auf den ich vor dem Zweipersonenbunker neben der Sint-Agnes-Kerk am Amstelveenseweg traf. Gestiefelt und gespornt für die Front. Gewaschen und rasiert und mit glänzendem Helm, geputzten Stiefeln, Ballonhosen, einer aufgerollten Decke, einem Tornister mit einer Klappe aus Pferdefell, am Koppel das Bajonett, zwei schwarzlederne Patronentaschen und den Behälter für die Gasmaske, und sein Karabiner ist gerade gut genug, um Spatzen vom Baum zu schießen, taugt jedoch nicht als Infanteriewaffe. Zu leichtes Kaliber. Schießt nicht weit und nicht genau genug. Aber ich blicke auf die Gürtelschnalle. Nicht das blasphemische »Gott mit uns«, sondern ein herabstoßender Adler. Wahrscheinlich Fallschirmjäger. Er fragt mich nach dem Weg zum Hauptbahnhof. Na, von mir aus. Ganz den Amstelveenseweg runter, dann rechts hinein in eine lange Straße, den Overtoom. Ganz am Ende vom Overtoom links die Naussaukade nehmen und dann noch ein bißchen durchhalten, und er steht in Tuindorp Oostzaan, weit weg im Norden von Amsterdam. Als er nach einem freundlichen Gruß die angegebene Richtung einschlägt, blicke ich ihm nach. Das schwarz-rote Band am Uniformhemd weist ihn als Träger des Eisernen Kreuzes aus, das vielleicht noch durch irgendwelches zusätzliches Blech ergänzt ist, und plötzlich ärgert es mich, daß ich ihn in die Irre geschickt habe. So allein, ohne all die anderen, ist er auch nur ein junger Mann mit einem Vater, einer Mutter, mit Bruder und Schwester, einer Frau, einem Kind, der an die Front geht, um wahrscheinlich nicht mehr zurückzukehren. Und es wurmt mich, daß ich mich über mich selbst ärgere. Eine unzulässige Schwäche.

Zu beiden Seiten der Lyzeum-Brücke gab es hölzerne Landungsstege, die aber verlassen daliegen, seit die Wehrmacht ins Amsterdams Lyceum eingezogen ist und über die gesamte Breite der Brücke Spanische Reiter aufgestellt hat. Aber dann liegt ganz hinten am letzten Landungssteg doch noch ein Schiff. Ein Traum von einer Motorjacht, und mein Vater findet auch, daß wir es uns ansehen sollten. Ich weiß, wie man ganz nahe herankommt. Aber vorher will er eben noch bei Doktor Kok vorbeischauen, einem Hausarzt, der in einem der drei herrschaftlichen Häuser an der Olympiastraat wohnt. Wir wollen von der Seite her kommen, steigen deshalb an der Olympiakade über den Zaun und laufen durchs Gras bis an den Kanal, wo ein Schwarm Wasservögel Radau macht. Und die ganze Zeit linsen wir dabei zum vordersten Haus am Wasser, in dem sich eine Abteilung der Kriegsmarine eingenistet hat. Im Vorgarten hält ein Matrose mit Maschinenpistole Wache. »Warum stellen sie ihm keinen Stuhl hin?« frage ich, und mein Vater lacht. »Stehen ist besser«, sagt er, »dann kann man sich wenigstens ein bißchen die Beine vertreten«, und genau das macht der Matrose. Dann erst gehen wir direkt in die Olympiastraat, aber, o nein! Vor dem Haus von Doktor Kok steht ein Lastwagen der Firma De Boer aus der Zesenstraat 44, und Möbelpacker tragen Möbel heraus. Doktor Kok lehnt auf der anderen Straßenseite an der Kirchenmauer. Wir schlendern weiter, und die Sonne färbt sich langsam rot, während mein Vater erzählt, daß Doktor Kok von einer Minute zur anderen hat ausziehen müssen, weil sich die Kriegsmarine in der Nachbarschaft installiert hat. Schließlich ist er Jude und soll sehen, wo er bleibt. Glücklicherweise hat er eine Parterrewohnung an der Stadionkade, der Straße am Südlichen Amstelkanal, gefunden und führt dort seine Praxis weiter. So lange, wie es dauert. Wie lange? Mein Vater schweigt. »Kennst du das?« fragt er dann und zitiert: »›O Herr, ich preise dich von Herzen / im Morgen- und im Abendlicht, / doch auch in Dunkelheit und Schmerzen / verlassen magst, o Gott, mich nicht.‹ Diese letzte Zeile, nicht wahr«, fährt mein Vater fort, »kann man auf zweierlei Art verstehen. Einmal als eine Sicherheit: Gott wird mich nicht verlassen wollen. Oder aber als eine Bitte. Ich denke, daß der Verfasser dieses Liedes sich der Zweideutigkeit seiner Worte nicht ganz bewußt war.« Wir blicken uns an, lachen und gehen weiter. Die Motorjacht ist vergessen. Nachts im Traum sehe ich die Zeichnung von Käthe Kollwitz aus Lothars Wohnung. Nicht, daß ich jetzt in der Zeichnung wäre, aber sie schwebt als riesiges Bild über unserem Viertel, dazu die Sirenen vom Fliegeralarm. Übrigens sieht man jetzt öfter Bombergeschwader, doch die Flak schweigt immer nachdrücklicher, und die Granatsplitter und die Reste der Leuchtspurgeschosse steigen in der Schule im Wert. Es ist das gleiche wie auf dem schwarzen Markt, wo immer mehr für immer weniger verlangt wird.

Heute im Radio ausnahmsweise nicht die Stimme von Max Blokzijl, der es gern mit »Ausrotten« und »Entjudung« hat, sondern die von Toni Goedewaagen vom Departement für Volksaufklärung und Propaganda, und der gratuliert den Zuhörern jetzt erst mal von ganzem Herzen zur Großdeutschen Besatzung, die unser Volk hinaufbefördern wird nach, ja, wohin eigentlich? Ob bitte jemand den Quatschkopf abstellen kann, fragt meine Mutter. »Kraft durch Freude« hört man gerade noch. Der Poststempel zeigt neuerdings eine Figur mit Handkarren, dazu die Aufforderung: »Abfallstoffe aufbewahren, Grundstoffe sparen.« Und daß die Leute sich daran halten, sieht, schmeckt und riecht man, sobald die Öfen geheizt werden. Und aus den Schornsteinen steigen bunte Rauchsäulen auf, oft vielfarbiger als der Regenbogen, und nicht weit von uns entfernt gibt es sogar eine Familie, die tagelang giftig gelbe Rauchbalken in den Himmel schickt. Das kommt von all dem Müll, den die Menschen ein Jahr lang auf dem Balkon aufbewahrten, um ihn dann bei der ersten Kälte zu verbrennen. Koks, Anthrazit, Eierkohlen, Briketts und sogar Torf sind immer schwieriger zu bekommen. Und zwischendurch hängt ein paar Tage lang ein Lakritzgeruch in den Straßen. Und Frujetta gibt es auch nicht mehr. Nicht einmal als Ersatz. Zum Glück habe ich ein paar Rollen gehamstert, genau wie es mein Vater mit einem Satz Fahrradreifen und -schläuchen getan hat. So etwas nennt man Voraussicht!

Auf einmal ist es so still im Haus, daß ich das Rauschen des Heizöls in den Leitungen höre, das die Maschinen hinter den Wänden am Laufen hält. Motoren, die bei Bedarf mühelos den ganzen Wohnblock an einen anderen Ort versetzen und das Wasser aus dem Kanal nach oben gegen die Hauswände drücken können. Und natürlich sind das allmählich alberne Gedanken, aber vorläufig ziehe ich es vor, weiterhin an die geräuschlos unter den Treppen und hinter den Doppelwänden arbeitende Parallelwelt der Maschinen zu glauben.

Meine Mutter geht heute nicht, wie sonst, singend im Haus umher, um nach dem Rechten zu schauen, sondern sitzt einfach nur am Fenster und sieht sich den Himmel an, und irgendwann hab ich genug davon. Also gehe ich auf die Straße, und dort beschließe ich, meinen Geschäftspartner Lothar zu besuchen. Ich habe ihn schon wer weiß wie lange nicht mehr gesehen. Aber vor dem Schaufenster des Coop an der Ecke Herculesstraat zögere ich. Stell dir vor, sie sind abgeholt, weggezogen und verschwunden! Schon bei der Vorstellung wird mir elend, ich mache kehrt und gehe zurück nach Hause, wo mein Vater jetzt wieder an seinem Schreibtisch sitzt. Und so ist es gut. Er dort, und ich am runden Tisch. In einem Hebräisch-Lehrbuch aus einem seiner Bücherregale habe ich einen hauchdünnen Bogen Durchschlagpapier gefunden. Die blaue Maschinenschrift ist verblichen, kaum noch zu erkennen, und ich lese meinem Vater den Text vor. Ein Streitgespräch mit dem Allerhöchsten, verfaßt von Levi

Jitschak, Sohn der Sara van Berditschew. Ich finde es ziemlich altmodisch. »Da spricht ein Rebbe«, sagt mein Vater. »Aber alle diese Streitfragen hat es gegeben, und jedes Wort ist so gesprochen worden. Er hätte auch auf Psalm 22 verweisen können und sich damit einreihen können in den Chor so vieler anderer über alle Zeiten hinweg. Und das ist kein lieblicher Gesang, sondern ein auflodernder Schrei. Wenn du schöne Musik hören willst, mußt du ins Konzerthaus gehen.«

Selbst wenn diese Büchse Petroleum, die ich eben beim Drogisten gekauft habe, eine Bombe wäre, ich glaube nicht, daß ich sie werfen würde. Es ist so alles schon schlimm genug. Ein Trupp Wehrmachtssoldaten marschiert in perfekt donnernden Kampfstiefeln Richtung Bahnhof Amstelstation. Und sie singen ein müdes Marschlied mit einem allmählich überholten Text. »Und wir fahren gegen Engelland.« Auf die haben die Sturzbomber und Destroyers der Alliierten gerade gewartet. Die machen Kleinholz aus ihnen. Sie tragen ihre Gewehre auch falsch. Mit dem Riemen über der Schulter. Wie Zivilisten, die auf Hasenjagd gehen. Ich lache über den Gedanken. Das ist auch nur gut, denn die Logik von Besatzer und Besetzung ist mir immer noch nicht aufgegangen. Und Teun Wap, mein Kamerad, mit dem ich die Schulbank teile, zeichnet weiterhin Karikaturen vom

Reichskommissar Seyss-Inquart aus Österreich. Auch ein Naziland. Das gibt noch was, nach dem Krieg.

Die Stille im Haus ist in Bedrücktheit übergegangen. Nach dem Abendessen schickt mein Vater meine beiden Brüder nach oben, ich aber soll noch bleiben. Und es ist wieder mal soweit. Johan ist heute in aller Frühe aus der Tür seiner neuen Untertauchwohnung gegangen. Und, nein, nicht mit seinem falschen Ausweis ohne das verhaßte »J«, sondern noch immer mit dem Stern auf der Kleidung. Und ich sehe ihn vor mir, den Hut tief ins Gesicht gezogen. Die Aktentasche an die Brust gedrückt, den Kopf gebeugt und immer ganz eng an den Hauswänden entlang. Was soll man machen? Nach etwa einer Dreiviertelstunde Fußmarsch, denn die Straßenbahn ist nicht mehr für ihn da, steht er bei Jongsma vor der Tür. Jongsma betreibt eine Fahrradaufbewahrung und -reparatur am Marathonweg. Und er kennt Johan ein bißchen, denn er hat unsere Fahrräder und auch die gehamsterten Fahrradreifen meines Vaters in Verwahrung. Und Johan bittet, ob er ein Fahrrad ausleihen kann. Und Jongsma ist ein gutmütiger Mann, und er hat sogar eines mit anständigen Reifen für ihn. Allerdings muß Johan es in spätestens zwei Stunden zurückbringen, dann holt nämlich der Eigentümer sein Rad ab, und der ist Kriminalbeamter, einer auf der verkehrten Seite. Und dann webt das Leben selbst sein eigenes Netz, und da versuche einer mal, sich nicht darin zu verfangen. Auf dem Rückweg hat Johan einen Platten auf dem Hinterreifen, und was nun? Weiterfahren? Dann ist der Reifen zum Teufel. Zu Fuß weiter? Dann kommt er zu spät. Aber Johan ist ein Kind seiner Zeit, ein anständiger Mensch, und er denkt, daß andere das auch sind, also schiebt er das Fahrrad und läuft damit direkt dem Kriminalbeamten in die Arme. Ein Blick auf den Judenstern, und Johan wird zur Polizeiwache am Stadionweg abgeführt. Und dann? Meneer Schaai, ein Nachbar von der Olympiakade, ist immer gerade da, wo etwas passiert, und als er durch die Euterpestraat spaziert, sieht er Johan plötzlich zwischen zwei niederländischen Polizisten um die Ecke kommen, und Johan hinkt stark, also war schon das erste Verhör nicht ohne. Er wird die Treppe der Schule, in der sich der SD installiert hat, hinaufgeschleift, die Tür schließt sich wieder, und ich gehe ins Bett. Vollkommen leer.

Die ersten Tage nach Johans Verhaftung sind voller Spannung. Kommt das Laban-Gesindel und holt meine Eltern ab? Und dann zeigt sich, daß der stets nervöse Johan Benjamin Hiegentlich stärker war als der Besatzer und seine Bluthunde, denn er schwieg. Und er schwieg weiterhin, wie sehr sie ihn auch in die Zange genommen haben. Denn so machen sie das. Quälen. Zusammenschlagen. »Und das halte mal durch«, sagt mein Vater, und er geht auf die Suche. Er schaltet seinen Bekannten

Schadee von der Marechaussee ein, aber Johan ist nicht aufzuspüren. Auch nicht in den Listen von Westerbork. Er ist einfach fort. Aus. Vorbei. Ich blicke meinen Vater an.

Ans, unsere Haushilfe, saugt Staub in Johans Zimmer, und ich bekomme einen Schreck, als ich merke, daß die beiden Kabinenkoffer verschwunden sind. Meine Mutter beruhigt mich. Sie stehen auf dem Dachboden, da fallen sie niemandem auf und sind sicher. Und, nein, sie hat nicht hineingeschaut, denn sie gehören nicht uns, sondern Johan. Dann bleiben sie da, bis er wieder zurück ist? Sie schweigt. Weiß sie doch etwas? In meinem Mund habe ich einen bitteren Geschmack, wie von Wermut. Also gehe ich mal wieder auf die Straße und nehme die Straßenbahn. Beim Blättern in den Familienpapieren habe ich die Verlobungseinladung der Eltern meines Vaters gefunden. Mit Adresse. Also steige ich an der Leidsestraat aus und laufe zur Lange Leidsedwaarsstraat 53. Das Haus beugt sich freundlich nach vorn und hat die Farbe dessen, was vergangen ist. Ich schaue, ich lauere, aber es will sich keine Beziehung herstellen. Sieht man hinter den Fenstern noch etwas? Vage das Gesicht von einem Großvater, den ich nie gekannt habe? Es beginnt etwas zu regnen, aber zum Glück habe ich meinen Poncho aus Segeltuch an. Und jetzt dahin, wo sie damals ihre Verlobung gefeiert haben. Café Europa an der Czaar Peterstraat, also auf den Inseln am Hafen. Hausnummer 164 oder 167, das ist nicht mehr auszumachen. Auf der Anzeige ist die letzte Zahl etwas verwischt. Ich finde kein Haus mit den Nummern. Langsam schlendere ich durch das XI. Viertel, die Eilande. Stille Armut, und alles ist schmutzig, verräuchert, verdreckt. Und wie still es hier ist. Kaum ein Mensch zu sehen. Auch die Namen der Straßen sagen mir nichts. Aber schließlich öffnet sich die Stadt doch wieder. Auf einmal entsteht Weite: die Welt des Transports. In der Ferne das Wasser, das hinauf zu den Wolken glitzert. Kreischende Geräusche von Eisen auf Eisen, dazu der Geruch von Rauch, Diesel und sogar der kurze Seufzer eines Schiffshorns. Ich bleibe vor einem Zaun aus dickem Maschendraht stehen, dahinter liegt ein Rangiergelände. Ein Stück weiter stehen zwei Güterwaggons, die schon aneinandergekoppelt sind. Und dann sehe ich sie. Sie sind gerade dabei, aus zwei Lastwagen zu klettern, während ein paar Moffen, die Gewehre in der Hand, herumstehen und sich unterhalten. Und niemand weist den Gesternten den Weg. Den wissen sie von selbst. Ganz ruhig gehen sie zusammen durch ein Tor. Zwei Frauen mit Kindern auf dem Arm. Eine alte Dame. Ein altes Ehepaar, das sich fest untergehakt hat. Ein paar Dutzend Jüngere. Und niemand hat irgendwelches Gepäck bei sich. Die alten Leute gehen die Schienen entlang, steigen mühsam von Schwelle zu Schwelle oder schurren durch den schweren Kies. So ist es noch eine ganze Strecke, bis sie bei den Güterwaggons sind. Doch die Jüngeren helfen. Zwei Mädchen übernehmen ein Kind und tragen es weiter, und das eingehakte Ehepaar stolpert, kann sich aber doch noch rechtzeitig auffangen. Einer von der Wehrmacht ist vorausgelaufen und springt hoch, etwa einen Meter, auf das Trittbrett des einen Güterwaggons. Er rammt das stählerne Stichblatt des Gewehrkolbens von unten gegen den Riegel der großen Tür, springt wieder vom Waggon, faßt den Riegel, zieht und rollt die schwere Tür auf. Der Waggon ist schon voller Menschen, von denen einige zwischen den Beinen der anderen kauern oder auf dem Boden sitzen. Und unter den Augen der Soldaten beginnt das Einladen. Die Kinder werden an einem Ärmchen ins Innere gezogen, und mit etwas Schieben folgt das alte Paar, aber die alte Frau macht Probleme. Sie wagt es nicht, nach oben zu klettern, und muß doch. Zum Schluß liegt sie mit dem Oberkörper auf dem Boden des Güterwaggons und wird dann hineingeschoben. Regen spritzt auf die Kapuze meines Ponchos, und ich will rufen. Jetzt könnt ihr es noch! Springt runter und schwärmt nach allen Seiten aus, rennt! Soll der Moff ein paar von euch niederschießen, aber dann sind die anderen schon in die Stadt geflüchtet. Aus der Ferne ist einen Augenblick lang Getöse zu hören, so als würde Abfall in einen Frachtraum gestürzt. Aber sonst ist es vollkommen still. Kein Stöhnen. Kein Klagen, kein Schrei. Alle sind jetzt im Waggon und stehen dicht gedrängt, das Gesicht der Tür zugewandt. Die Moffen laufen zurück, bleiben stehen und schauen dann auch, die Gewehre in beiden Händen. Und dann geschieht etwas Unbegreifliches. Die Menschen drinnen schieben die Rolltür langsam wieder zu, bis sie mit einem hellen Ting! ins Schloß fällt. »Ihr seid verrückt!« rufe ich auf einmal. Meine Stimme verliert sich zum Glück im Raum. Ist der Moff auch beeindruckt? Schweigend gehen die Soldaten wieder zu den Armeelastwagen. Zwei Moffen holen Regenmäntel aus der Kabine, ziehen sie über und schlendern eine Böschung entlang. Die übrigen fahren weg. Die Waggons, die dort stehen, voll von Leben, sind leblos in einem Brunnen von Stille. Und auch wenn ich keine Worte dafür finde: Auf einmal *weiß* ich es.

Glossar

S. 10 *Kinderchor von Jacob Hamel* – beliebter Kinderchor in den Dreißigern unter Leitung des jüdischen Dirigenten Jacob Hamel (1883–1943).

S. 11 *Bocher* – jiddisch von hebr. »bachur« (junger Mann): Talmudschüler, auch Junggeselle.

S. 14 *Moffen* – Schimpfwort für Deutsche, vergleichbar mit dem französischen »boche«.

WA – (Weer-Afdeling) paramilitärischer Verband nach dem Vorbild der deutschen SA.

NSB – (Nationaal-Socialistische Beweging) gegründet 1931, entspricht in etwa der NSDAP. Auf dem Höhepunkt ihrer Entwicklung zählte die Partei ungefähr 100000 Mitglieder.

S. 16 *Klal Israel* – hebr. »Gemeinschaft Israel«. Schicksalsgemeinschaft der Juden in aller Welt.

Schabbes – jiddisch für Sabbat.

Schabbesgoi – ein Nichtjude, der am Sabbat die in einem jüdischen Haushalt anfallenden Arbeiten verrichtet, oft als bezahlter Diener.

S. 19 *Landwächter* – (Landwachters) niederländische Hilfspolizei im Dienst der deutschen Besatzungsmacht. In der Anfangszeit bewachte sie vor allem Gebäude und kontrollierte Ausweise.

S. 22 *Grüne Polizei* – die deutsche Ordnungspolizei, so genannt nach ihrer grünen Uniform.

S. 24 *Anton Adriaan Mussert* (1894–1946). Tiefbauingenieur, gründete 1931 die NSB (Nationaal-Socialistische Beweging), träumte von einem großniederländischen Reich. Seit 1942 »Führer des niederländisches Volkes«, was keine realpolitischen Machtkompetenzen mit sich brachte, Mussert aber zu der wohl bestgehaßten Figur der Niederlande machte.

S. 37 *»Hildo« Hildebrand Lucien Krop* (1884–1970). Bildhauer, dem sozialistischen Symbolismus verpflichtet. Viele Skulpturen an Brücken, Gebäuden in Amsterdam, auch Denkmäler in der ganzen Stadt.

S. 40 *Paulus de Ruiters mieses Kabarett* – das »Zondagmiddagcabaret van Paulus de Ruiter« war eine antisemitische Propagandasendung, die der niederländische Rundfunk zwischen 1940 und 1944 ausstrahlte.

Jugendsturm – (Jeugdstorm) das Pendant zur deutschen Hitler-Jugend. Die Mitgliedschaft war in den Niederlanden nicht obligatorisch.

Festung Kornwerderzand – die Stellung bei Friesland

hielt dem Angriff der Wehrmacht im Mai 1940 stand und kapitulierte erst nach der flächendeckenden Bombardierung Rotterdams.

S. 50 *BS* – (Binnenlandse Strijdkrachten) niederländische Widerstandsbewegung, 1944 aus dem Zusammenschluß verschiedener Partisanengruppen hervorgegangen. Bei Kriegsende sollen ihr 200 000 Mitglieder angehört haben, Schätzungen zufolge waren davon aber niemals mehr als 25 000 aktiv.

S. 52 *Schofar* – ein Blasinstrument, meistens aus Widderhorn gefertigt, das im jüdischen Kultus verwendet wird.

S. 54 *SS-Standarte Westland* – eins von drei Infanterieregimentern der Division Wiking, in denen vorwiegend junge Männer aus den Niederlanden und Belgien ausgebildet wurden. Nach Beginn der Rußlandoffensive Einsatz an der Ostfront.

S. 61 *Peies* – die Schläfenlocken des orthodoxen Juden.

Chassidim – hebr. »Fromme«. Die mystisch-religiöse Bewegung des Chassidismus entstand Mitte des 18. Jahrhunderts in Polen und breitete sich von dort über ganz Osteuropa aus.

S. 62 *Hob rachmones* – hebr. »(Herr,) erbarme dich unser«.

S. 64 *Ganeff* – jidd. »Ganove«, »Gauner«.

S. 75 *Bar-Mizwa* – die feierliche Aufnahme eines Jungen als vollwertiges Mitglied in die jüdische Glaubensgemeinschaft. Meist erfolgt sie am ersten Sabbat nach Vollendung des dreizehnten Lebensjahrs.

S. 88 *Scheitel* – jidd. »Perücke«. Strenggläubige jüdische Frauen trugen in Osteuropa häufig Perücke. Die Praxis geht auf den Brauch zurück, das Haupthaar als Zeichen der Sittsamkeit mit einer Haube oder mit einem Tuch zu bedecken.

Chazzan – Kantor, Vorbeter in der Synagoge.

S. 96 *Marechaussee* – Polizeiorganisation, die wie die französische Gendarmerie Nationale militärischen Status hat. Von der Besatzungsmacht der zivilen Polizei angegliedert.

S. 113 *Mesusa* – eine kleine Schriftrolle in einer Kapsel am Türpfosten jüdischer Häuser mit einer Inschrift aus 5. Mose 6,4–9 und 11,13–21, die beim Betreten und Verlassen des Hauses berührt wird. Sie hält Unheil fern.

S. 125 *Tsedoke* – hebr. »Rechtschaffenheit«, »Wohltätigkeit«. Schenken, aber im Verborgenen, in aller Stille. Gilt im Judentum als Kardinaltugend.

S. 135 *Mordechai Gebirtig* (1877–1942). Tischler, Dichter und Komponist, im Krakauer Ghetto erschossen. *Ojfn Pripetschik* ist der Anfang eines Liedes von Mark Warshawsky (1840–1907).

S. 139 *Max Blokzijl* (1884–1946). Journalist, Kabarettist, seit 1935 Mitglied der NSB. Entwickelte sich nach der Gleichschaltung der Medien Ende 1940 als Radiosprecher und Agitator zum »gefährlichsten Handlanger der Besatzungsmacht« (Louis de Jong).

Dr. Tobie Goedewaagen (1895–1980). Professor der Philosophie, trat der NSB 1940 bei. Danach schneller Aufstieg zum Generalsekretär des »Departement voor Volksverlichting en kunsten« (entspricht dem Reichsministerium für Volksaufklärung und Propaganda) und Leiter der »Kultuurkamer«.

S. 141 *Levi Jitschak* (1740–1810). Der Zaddik aus dem galizischen Berditschew erlangte in chassidischen Kreisen Berühmtheit wegen seiner Reden zur Verteidigung des jüdischen Volkes vor Gott.

Georges-Arthur Goldschmidt

Die Befreiung

Erzählung

220 Seiten. Gebunden

ISBN 978-3-250-10508-4

Megève in Hochsavoyen, im September 1944, Frankreich ist befreit, da taucht der uns aus den erschütternden Werken *Die Absonderung* und *Die Aussetzung* bekannte Bettnässer – Arthur Kellerlicht – aus seinem Bauernversteck wieder auf und kehrt ins Internat zurück. Er ist kein Kind mehr, gehört von nun an zu »den Großen« und ist doch noch nicht erwachsen. Das Wunder des Lebens nimmt vollauf von ihm Besitz, aber er schämt sich auch, verspätet das Verbotene, die allgegenwärtige und rätselhafte Geschlechtlichkeit zu entdecken. Stets ist der verwirrte Zögling sein eigener Beobachter bei jenem ernsten Spiel, in dem schamvolle Sexualität und ihre Bestrafung als Ventil für eine nicht wieder gutzumachende Schuld fungieren – die Schuld, überlebt zu haben.

Die Befreiung ist ein Sprachzeugnis von ungeheurer Offenheit. Ungeschönt betrachtet und entäußert sich ein unvergleichlicher körperlich-seelischer Zustand, der seine Wurzeln vor allem in den Läufen unserer Geschichte hat.

»Goldschmidt ist ein Enthusiast dessen, was Sprache macht: Bilder anbieten, Geheimnisse offenbaren, Bedeutungen in einem Wort übereinanderlegen, Seele zum Sprechen bringen.«

Wilfried F. Schoeller, Der Tagesspiegel

Ammann Verlag

Friedrich Kröhnke

Wie in schönen Filmen

Roman

160 Seiten. Leinen

ISBN 978-3-250-60114-2

MERIDIANE 114

Erzählt wird das Leben einer Frau namens Helen Herford, Jahrgang 1957. Ihr Weg führt sie vom Rand der Großstädte Nordrhein-Westfalens in die Welt, die für sie zuletzt Berlin und Estland heißt. Eine Frau, generationstypisch und höchst ungewöhnlich zugleich: typisch die Träume, Illusionen, Verletzungen, Aufbrüche; ungewöhnlich die Tapferkeit, Warmherzigkeit, Intelligenz – und ihre lebenslange Verbindung mit einem Mann, der eigene Wege geht. Sie wohnen nicht einmal zusammen ... Aber sie reisen miteinander! Dem Ausland, Hotels, Cafés, gilt ihre gemeinsame Liebe – und den alten Filmen, die im Ausland spielen, in Hotels und Cafés auch kitschigen zum Weinen über Liebe, Krieg und frühen Tod.

Mit der Reise der beiden Lebensgefährten nach Estland nimmt die Geschichte eine atemberaubende Wendung, die dem Leser an Entsetzen, Hoffnung, Bangen wenig erspart: wie in schönen Filmen.

»Ja, menschliche Gestalten sind es, denen die Sympathie Friedrich Kröhnkes gilt. Und unsere auch.« *Arnold Stadler*

Ammann Verlag

Ulrich Peltzer

Teil der Lösung

Roman

450 Seiten. Leinen

ISBN 978-3-250-60113-5

MERIDIANE 113

Berlin, Potsdamer Platz, die Welt als elektronisch überwachte Shopping-Mall, Bewegungsfreiheit ist reine Illusion.

Christian Eich, Journalist, Mitte Dreißig, hält sich mit Gelegenheitsaufträgen über Wasser. Für eine Story, die ihm auf den Nägeln brennt, sucht er Kontakt zu untergetauchten Ehemaligen der Roten Brigaden. In Paris soll ein wichtiger Informant anzutreffen und bereit zum Reden sein.

Zuvor aber begegnet ihm: Nele. Die Studentin bewegt sich, von einer geheimnisvollen Wut getrieben, durch die Stadt. Eine Liebe entbrennt, heftig und unberechenbar, die vom Berliner Sommer nach Belleville und direkt ins Zentrum des subversiven Widerstands führt.

Subtil verbindet Ulrich Peltzer eine atemraubende Liebesgeschichte mit der Beobachtung neuer politischer Bewegungen in einer Grammatik der Überwachung, der Realität unserer Gegenwart.

»Bei Peltzer setzt die wirklich aufregende Literatur der Gegenwart ein.« *Helmut Böttiger, Frankfurter Rundschau*

Ammann Verlag

Katja Oskamp

Die Staubfängerin

Roman

224 Seiten. Leinen

ISBN 978-3-250-60111-1

MERIDIANE 111

In einem schmuddligen Provinztheater verliebt sich die Regieassistentin Tanja Merz in den zwanzig Jahre älteren Dirigenten Edgar, einen charismatischen Holländer. Über Nacht verläßt sie das Theater und zieht in das Reihenhaus des Dirigenten ein. Tanja wird schwanger. Schockiert von der Frühgeburt ihrer Tochter, nimmt sie den ärztlichen Rat, penibel auf Sauberkeit zu achten, todernst. Während Edgar von Orchester zu Orchester durch die Welt jettet und das Baby im Brutkasten um sein Leben ringt, fängt Tanja an, gegen den Schmutz zu kämpfen. Endlich darf die junge Mutter das Kind ins keimfreie Haus holen. Auch Edgar kehrt heim. Die Familie ist komplett. Das Desaster nimmt seinen Lauf. Aller Erwartung zum Trotz hat Katja Oskamps temporeicher und witzig erzählter Eheroman ein ziemlich scharfes Happy-End.

»Katja Oskamps Blick ist auf originelle Weise entlarvend, ihr Humor mitreißend, der Erzählrhythmus so selbstverständlich wie das Atmen.« *Carsten Hueck, Financial Times Deutschland*

Ammann Verlag